ars vivendi

Michael Zeller

Die Sonne!
Früchte.
Ein Tod

Roman · ars vivendi

Fünfte Auflage

www.arsvivendi.com

Umschlaggestaltung: ars vivendi verlag
Druck: Aalexx, Großburgwedel
Printed in Germany

ISBN 978-3-89716-657-8

Die Sonne! Früchte. Ein Tod

... doch, das könnte sie sein ... sie muß es sein, die neue Nachbarin ... Ja, das ist sie.

Zwei Stiegen lang hatte ich das Knarzen der Bohlen näherkommen hören, Stufe für Stufe, unter dem schweren Tritt von Madame Vavin. So vertraut er mir schon geworden war, dieser Schritt – immer noch nahm meine Konzentration den größten Schaden, wenn die Concierge das Treppenhaus unter sich erbeben ließ. Ich schaute auf von meinen Schriften, betrachtete die Wand vor mir mit einem Gefühl, über das ich mir lieber keine Rechenschaft geben wollte, und wartete, bis wieder Ruhe war. Dieses Mal aber, gleichsam als feines Echo in dem Stampfen von Madame Vavin, nahm ich einen leichten, fremden Fuß auf der Treppe wahr. Madame Vavin schnaufte tief und drehte jetzt den Schlüssel in der Türe meiner Nachbarswohnung, so nah, als öffnete sie mein Schloß damit. Trotz des Asthmas schonte sie ihre verrauchte Altstimme nicht, gab sie Anweisungen, ohne abzusetzen. Ritsch! Der Vorhang wurde vom Fenster geschleudert. Ein helles »Ah!« hörte ich, »c'est beau, ça!« Schon sangen im Stimmbruch die Scharniere des Fensters. Und auf deutsch: »... kann ich wieder brauchen jetzt!«

Das war sie also, ihre Stimme, die Stimme einer jungen Frau: meine neue Nachbarin.

Seit mehreren Tagen schon hatte Madame Vavin sie mir avisiert, jedes Mal, wenn sie mich im Hausflur beim Ausgehen stellte. »Sie ist verheiratet, die kleine Malerin, non?« sagte sie und drohte mir mit ihrem dicken Zeigefinger. »Sie ist die Frau eines sehr berühmten Malers ... in Deutschland jedenfalls.« Die Concierge steckte ihre Hände in die Kittelschürze und stand mit durchgedrückten Knien auf schweren Füßen da. War sie nun schwanger oder nicht? Madame ging zwar gut und gerne auf die Vierzig zu, aber dergleichen war bei ihrem Menschenschlag für mich nicht leicht zu schätzen. Dieser Maler schicke seine Frau jedes Jahr nach Frankreich, nach Paris, natürlich, wohin sonst, nicht wahr, mitten ins Herz der Malerei und der höheren Kultur überhaupt, damit auch sie ein wenig malen lerne. Madame Vavins Redestrom berücksichtigte nicht im geringsten, daß ich des Französischen durchaus nicht so mächtig war, wie ich es mir gern gewünscht hätte. Und jedes Jahr komme sie wieder, die Frau dieses sehr, sehr berühmten deutschen Malers. Daraus sei ja doch wohl zu schließen, unter uns, nicht wahr, daß sie das Malen immer noch nicht so ganz beherrsche. Aber ihr sei das egal, vollkommen egal. Die Concierge zog wieder ihre Stimme hoch. Die junge Frau sei eine pünktliche Mieterin, tadellos, und jedenfalls müsse sie einen großzügigen Gatten haben, obwohl ... vielleicht schicke er sie auch ganz gern auf Reisen, um ihr Gepinsel nicht tagtäglich vor Augen zu haben. Aber, wie gesagt, sie gehe das ja überhaupt nichts an. Sie könne schweigen ... schweigen ... »oh!« Kurz kollerte ihr Raucherhusten. Ob sie mir vielleicht seinen Namen verraten könne, versuchte ich Madame Vavins Atempause zu nutzen. Ich halte mich bei der zeitgenössischen Malerei leidlich auf dem laufenden, habe in meiner Jugend auch selbst in Öl und mit dem Stichel dilettiert. Ich will meine Neugier nicht verhehlen, die Frau welchen berühmten Malers ich zu erwarten hatte als Zimmernachbarin.

Non, non, non, non, non, non: das sei etwas schrecklich Rauhes, vollkommen unaussprechbar. Kaum zu glauben, mit welchen Namen diese Deutschen sich verunzierten. Empört schüttelte Madame Vavin den Kopf. Die geplatzten Äderchen unter den Augen glühten auf in – ja, beinahe schien es Abscheu zu sein. Die Concierge drehte sich abrupt weg und ließ mich einfach stehen. »Und sie ist verheiratet, Monsieur, non?« rief sie mir über die Schulter nach. Immerhin durfte ich jetzt meines Weges gehen.

Die Stimme der Hausbesorgerin nebenan war leise geworden. Sie flüsterte jetzt. Ich konnte fast nur noch ihre scharfen s-Laute hören. Dann lachten die beiden Frauen gleichzeitig auf: Madame Vavin mit ihrem Raucherrasseln, die jungen Deutsche hell und ein wenig spitz. Nun ging die Tür, und Madame Vavin ließ das Treppenhaus erdröhnen. Hinter der Tapetentür zwischen unseren Zimmern nahm ich deutlich die Stille wahr. Aber es war eine andere Stille als in den Tagen davor. Ich konnte nicht weiter lesen. An Arbeit war nicht mehr zu denken. Vor mir lagen aufgeschlagen Quellen zur Französischen Revolution, der Großen Revolution. Genauer gesagt, ich studierte in diesen Wochen, die ich mich in Paris niedergelassen hatte, mehrere Biographien über Jean Paul Marat. Ich hatte mir vorgenommen, das Leben dieses epochalen Mannes und seinen Tod an Ort und Stelle zu durchleuchten und ihn zum Helden eines tragischen Schauspiels zu machen, wobei ich mich entschlossen zeigte, zuallererst der historischen Gerechtigkeit das Wort zu geben. Marat sollte meine erste Arbeit für das Theater sein. Sie zu vollenden, war ich eigens nach Paris geeilt. Allerdings: die äußerste Beschränktheit meiner Mittel erlaubte es mir kaum, an dem geistigen Leben dieser überwältigenden, aber auch aufwendigen Stadt teilzunehmen. Ich hatte mir ein geradezu mönchisches Leben in der schmalen Kammer bei Madame Vavin in der Rue Cassette abzuverlangen.

... Patriotismus des sanfteren Geschlechts. Patriotinnen gibt es, von den Girondisten Megären genannt und von ihnen auf achttausend angegeben, mit fliegenden Schlangenhaaren, die ihre Nadel mit dem Dolch vertauscht haben ... Welche Nadel denn nun wieder ...? Nein, es hatte keinen Sinn. Das Gelesene formte sich zu keinem Gedanken in mir, zu schweigen ganz von einem poetischen Gefühl. Ich stand auf, bürstete mir kurz den Bart im Spiegel, maß dreimal mit diesen sieben Schritten mein Zimmer aus, trat an die Tür – und setzte mich wieder an den Schreibtisch. Ich versuchte es mit einer Pfeife; nach zwei Zügen legte ich sie aus der Hand.

Fuhr hoch, riß heftig die Türe auf zum dunklen Flur und klopfte bei der neuen Mieterin. Sie stand am offenen Fenster und lächelte mich an, gar nicht überrascht, stand da, blaß, im grauen Reisekostüm, und schaute. Der Spitzenkragen fiel mir auf, denn seine Farbe paßte gut zu ihren Haaren, diesem wundervollen braunen Haar, das, glaube ich, zu einem Knoten zusammengefaßt war. Ich nannte meinen Namen und stellte mich als einen Landsmann und Kollegen vor. »Ich bin Schriftsteller«, sagte ich und spürte, wie immer bei dieser Gelegenheit, daß es mir heiß in die Schläfen stieg. Ihre großen braunen Augen ruhten offen und so wach dabei auf meinem Gesicht, daß ich mir über den Bart fahren mußte.

»Paula Becker«, sagte sie mit einem kleinen Zögern, »Paula Becker ... aus Bremen.« So angenehm berührt ich war von ihrer Erscheinung und dieser umstandslosen Offenheit, so enttäuscht war ich von ihrem Namen. Den Namen eines Malers Becker hatte ich noch nie gehört oder gelesen in Deutschland, obgleich ich mich, wie gesagt, in der bildenden Kunst nicht ganz für unkundig halten darf. Madame Vavin hatte also falsche Erwartungen in mir geweckt.

»Sie schreiben Gedichte?« Immer noch stand die junge Frau, die sich so ohne jede Künstler-Attitüde gab, mit dem Rücken zum Fenster über der Rue Cassette.

»Ja. Nein, ich bin ..., das heißt, ich versuche ein Drama hier zu schreiben, ein Stück geschichtlichen Inhalts gewissermaßen. Zur Zeit ..., zur Zeit bin ich noch mit der Stoffsammlung befaßt.« Ich habe immer Hemmungen, wenn ich über meinen hohen Beruf reden soll. Ihr Lächeln aber machte mir Mut. Es war eine Bescheidenheit in ihr, eine Weichheit, die ich sofort als wohltuend für mich empfand, ja wenn ich so sagen darf, ich spürte eine Art von kollegialem Respekt vor der geistigen Arbeit, der nicht zuerst nach Namen, Titeln und Auszeichnungen fragt, um sich ein schnelles, meist abschätziges Urteil zu bilden. Es war etwas

Gewährendes in diesem Blick der braunen Augen, ein gesammelter Ernst auch, etwas, das mir Ruhe gab und Vertrauen, und das will bei mir nicht wenig heißen. Fast hätte ich mich gar erdreistet, nach ihrem Mann zu fragen, dem berühmten deutschen Maler, aber das hätte doch auch einen Akzent setzen können, den ich unter allen Umständen vermieden sehen wollte. »Und ich male, wie Sie sehen.« Mitten in dem hellen Raum, der dreimal so groß sein mochte wie meine Kammer, er kam mir vor wie ein Saal, mitten auf einem schmutzig roten Teppich stand leer die Staffelei.

»Ich bin noch auf dem Weg. Die Bilder, die ich malen will, malen muß ..., sie liegen noch vor mir. Vielleicht berühren wir uns da in diesem Punkt. Aber«, sagte sie, und ich sah zum ersten Mal ihr Lachen, »aber einer, der einen weiten Weg vor sich hat, läuft nicht.«

»Die Langsamkeit eines Weges«, entgegnete ich, »könnte niemanden weniger beirren als mich.« Ich hatte gute eigene Gründe zu dieser Aussage, aber es wurde mir doch auch klar, daß in ihr ein kleiner taktischer Widerhaken steckte, der mich hinterher recht ordentlich bestürzte.

Im Dienst. Das Herzklopfen meiner Verwirrung ist mir geblieben von der ersten Begegnung mit der Malerin, und auch das große Schauen ihrer braunen Augen. Und ich entsinne mich noch gut, wie ich, angeregt von dem kurzen Besuch in ihrem hellen Atelier, sofort daranging, meine Kammer umzuräumen. Bisher hatte ich bei der Arbeit das Licht im Rücken gehabt. Das mag zwar für die Erhaltung der Sehkraft bekömmlich sein, wie es jedenfalls heißt, aber der Blick auf das schimmelige Tapetenmuster, er lähmt doch auch den freien Flug der Phantasie. War es nicht regelrecht, ja war es nicht – »Frühlingsvergeudung»? (Beglückt trug ich diese spontane Wortschöpfung, die mir zuteil geworden war, alsbald in mein Blaues Notizbuch ein.)

Nun war meine Aussicht auf die Rue Cassette beileibe keine Augenweide: ein paar Bäume sah ich, kahl noch vom Winter, ein Stück Mauer, von billigen Plakaten verschandelt, und darüber, weiter, höher, das Dächergeschiebe dieser Stadt Paris. Immerhin, in einem der Häuser, ganz nah bei mir, war mein Marat den Heldentod gestorben. Vielleicht konnte diese Erinnerung, wenn sie mir immer vor Augen stand, sogar meine Produktivität beflügeln? Denn ich will nicht verhehlen, daß mich hin und wieder doch eine gewisse Beklemmnis überfiel, wenn ich an die dramatische Umsetzung meines erhabenen Stoffes dachte. Jedenfalls: ich freute mich einige Tage an diesem neuen Blick, der mich bei meinem Dienst erfrischte.

Nach der gelungenen Operation in der Kammer, neugierig geworden durch die ungewohnte Weite, die sich mir erschließen würde, verließ ich die Wohnung und lief in den vorfrühlingsgrauen Luxemburg-Garten hinein. »Diese neue Nachbarschaft hat mich sofort produktiv gemacht«, dachte ich beim Gehen auf den leeren Parkwegen. Und sie machte mir keine Angst, diese Malerin. Ich traute mir zu, ihren Bildern, wenn ich sie erst einmal sähe, durchaus standhalten zu können mit meinem eigenen Werk, so unzulänglich ich es auch empfand bisher. Ich hatte es bei dieser Frau Becker aus Bremen nicht mit einer arrivierten Künstlerin zu tun, gottlob, sondern mit einer Elevin eher, die noch auf dem Wege war, wenn es überhaupt einen Weg für sie gab.

Obwohl mein strenger Arbeitsrhythmus durch die Ereignisse dieses Tages arg durcheinander geraten war, überraschte es mich, daß ich nach meinem Spaziergang von einer regelrechten Arbeitswut überfallen wurde. Ganz gegen meine Gewohnheit las und exzerpierte ich bis tief in die Nacht hinein und schaffte damit einen guten Teil des Lesepensums, das ich mir erst für den nächsten Tag gesetzt hatte. Dennoch nahm ich meinen Dienst, wie ich meine Arbeitsstunden für mich nenne, pünktlich am frühen nächsten Morgen wieder auf. Nach den zehn Kniebeugen am offenen Fenster beginnt mein Tagwerk mit einem frugalen Frühstück, das mir Madame Vavin vor die Türe stellt. Es besteht aus einer großen Schale Milchkaffee und einer halben Baguette, die ich ungebrochen in die heiße Flüssigkeit stippe, um mit meinen geringen Mitteln doch in etwa den Lebensgewohnheiten dieses Landes Genüge zu tun. Umgehend vertiefe ich mich dann in das Studium der Quellen. Es ging mir wieder vorzüglich von der Hand, auch wenn ich an diesem Morgen ein wenig abgelenkt war von dem Lauschen auf Bewegungen im Nebenraum. Aber ich hörte den ganzen Tag über nichts, keinen einzigen Laut. Ob Frau Becker malte? Stand sie die ganze Zeit vor ihrer Staffelei? Machte Malen denn eigentlich keinerlei Geräusche? Sollte ich einmal klopfen drüben vielleicht, ganz leise? Diese kleinen Abirrungen von meinem Marat störten mich aber nicht wirklich. Erst am Abend waren dann Lebensspuren nebenan zu hören.

Frau Becker mußte also den ganzen Tag außer Haus verbracht haben.

Spiel der Namen. Ganz zufällig bekam ich am nächsten Morgen mit, wie Frau Becker in aller Frühe ihre Wohnung verließ. Ich hörte flüchtig ihren Schritt, der vielleicht den Nachbarn schonen wollte, doch ich hörte keinen Schlüssel drehen. Sie schien also nur zu einer kurzen Besorgung auszugehen. Ich schob eigens den mittäglichen Spaziergang ein wenig hinaus, der meinen Dienst in zwei annähernd gleiche Teile trennt, aber es war dann doch wieder Abend geworden, ehe Frau Becker zurückkehrte. Nun ließ mich meine Neugier nicht länger ruhen, und ich klopfte bei ihr an. Sie nahm gerade ihr Abendbrot ein, ein Spiegelei zu einer Tasse Kakao. Das Bild ist mir bis heute gegenwärtig, wie sie da saß in einem erdbraunen Kleid am kleinen, runden Tisch und aß. Noch voller drängte sich heute ihr Haar über den Schläfen. Sie schien nicht gestört zu sein durch meine Aufwartung, doch sobald sie mich auf das Sofa an der Fensterwand gebeten hatte, sprang sie noch einmal auf, nahm ein Bild von der Staffelei und stellte es mit der bemalten Seite gegen den Schrank mir gegenüber. Das Kleid fiel schmucklos glatt über ihren Körper, der, nicht leicht, nicht schwer, so gar nicht ehefraulich auf mich wirkte. Erst jetzt nahm ich die bunten Seidenrüschen wahr, die, wie ich vermutete, nach eigenem Farbplan und von eigener Hand angenäht, durchaus ungleichmäßig sich über das Kleid verteilten: wie Blüten.

Ich fragte Frau Becker geradeheraus, ob sie denn schon im Freien male, bei dieser kühlen Märztemperatur. Frau Becker lachte auf. Sie wisse die Behaglichkeit eines warmen Raumes durchaus zu schätzen, nicht zuletzt bei der Arbeit, sagte sie und reichte mir eine Tasse Kakao aufs Sofa hinüber. Das Getränk kehrte aufs herbste seinen Schokoladengeschmack hervor. In zwei Wellen tief im Nacken lag ihr das schwere Haar. Dieses Haar – es dominierte die ganze Gestalt mit seinem, ja soll ich sagen: mit seinem ... umbrischen Golde?

Nein, sie besuche tagsüber die Anatomiekurse in der Ecole des Beaux Arts, die dort ganz vorzüglich seien, und habe auch nicht widerstehen können, zusätzlich eine Vorlesung über Kunstgeschichte zu belegen.

»Lernen will ich, soviel nur immer geht. Dafür bin ich ja hergekommen«, sagte sie und fügte, leiser, nach einem Bedenken hinzu, »auch dafür.« Diesen Nachsatz nahm mein auf dramatische Zwischentöne geschultes Ohr hellhörig auf. Meine Nachbarin schob den leeren Teller beiseite. »Und am Nachmittag, das weiß ich noch nicht genau, ob ich da nach Gips zeichnen soll oder wieder zum croquis pilgern wie im letzten oder vorletzten Jahr, gleich hier um die Ecke eigentlich. Ich muß nur quer durch den Luxemburg-Garten gehen.«

Während sie sprach, war mein Blick an einem Blumenstrauß hängen geblieben, der neben der Waschschüssel hing, die Blüten nach unten. Er war verblüht, nein, schon ganz und gar vertrocknet. Sie mußte ihn also von Bremen mit hierher gebracht haben im Reisegepäck.

»Ich sehe, Sie wundern sich, daß ich noch so brav meine Kurse besuche, wie eine kleine Mal-Elevin. Aber das ist bei uns Malern so, oder sollte wenigstens so sein: das Studium des menschlichen Körpers, seiner Maße ..., immer wieder, immer wieder aufs Neue. Und gerade hier in Frankreich, das ist vielleicht der Unterschied zu uns. Aber ich will Sie nicht mit meinem Handwerk ...«

»O nein, erzählen Sie weiter, bitte. Es interessiert mich brennend«, beeilte ich mich und riß mich von den Büchern los, die überaus unordentlich auf der Kommode lagen, eines sogar aufgeschlagen auf dem Gesicht. Obwohl ich nicht gerne vor Uneingeweihten über meine dramatische Arbeit spreche, sah ich ein, daß ich mich jetzt der Kollegin auch ein wenig erklären sollte.

Meine Marat-Tragödie, holte ich aus, habe neben unzählig anderen Absichten auch den Ehrgeiz, in ihrem Helden ein Abbild des französischen Volkscharakters zu geben, und deshalb seien mir alle Hinweise auf kulturelle Eigentümlichkeiten dieser Nation jederzeit willkommen. Ich hatte hastig gesprochen und ohne nachzudenken fast. Jetzt war der Gedankenfluß verebbt, wie nach einer Prüfungsfrage. Mein taumeliger Kopf ... Ich wußte nicht weiter. Die Malerin schaute mir ins Gesicht und auf die Hände, die mit der Uhrkette spielten, einem Erbstück väterlicherseits.

Sie hatte keine Eile, sie drängte nicht. Obwohl ihr Gesicht auch etwas Spitzes hatte – in ihren bernsteinbraunen Augen lag wieder diese gute Ruhe, die sich auf mich zu übertragen schien.

»Und deshalb, wie gesagt, ist es mir durchaus interessant und wichtig, was Sie als deutsche Malerin zu den französischen Akademien hier zu sagen haben.«

Frau Becker hatte das Geschirr abgeräumt inzwischen und einen schönen Kerzenleuchter auf den Tisch gestellt. Die Kerze spiegelte sich in einem entzückenden Rokokospiegel, dessen Oval von milchweißen und roten Rosen aus Glas umrahmt war. Es erstaunte mich, daß die Malerin diese persönlichen und kostbaren Gegenstände für die wenigen Wochen ihres Pariser Studienaufenthaltes den Gefahren einer so weiten Reise ausgesetzt hatte.

»Wenn ich damit Ihre Dichtung bereichern kann«, lächelte sie und hielt ihre Stimme in der Schwebe. »Hier in Frankreich, oder sagen wir lieber: hier in Paris stehen alle Maler und Bildhauer unter der Macht der Tradition und der Schule. Es ist ungefähr eine Art, ja, komisch, aber es ist so, ... von soldatischer Manneszucht. Wir in Deutschland fangen die Geschichte viel zu genialisch an. Da redet jeder immer gleich von Persönlichkeit. Die ältesten Professoren hier sind mir die liebsten, weil sie eben nur das Abc lehren.« Das blasse Gesicht mit den breiten Wangen und der bestimmenden Unterlippe belebte sich beim Reden und gewann dabei außerordentlich. Frau Becker entwickelte ein Temperament, das ihren Zügen in Ruhestellung nicht ohne weiteres abzulesen war. Ich hätte sie dann eher für eine Lehrerin gehalten und nicht für eine Künstlerin, denn sie hatte – wären da nicht ihre Augen gewesen – etwas Strenges, ja fast Gouvernantenhaftes an sich, wenn sie schwieg. Keine Spur mehr davon jetzt. »Der Franzose geht regelrecht in die Lehre. Er lernt zeichnen wie ... wie andere Brötchenbacken, und es sind immer alte, biedere Klassizisten hier, die das Lehramt besorgen, keine genialischen Heißsporne, die ..., die ... aber lassen wir das. Nein, die hiesigen Lehrer haben an der Entwicklung der heutigen Malerei keinen Anteil, sie sind überhaupt keine Künstler, auch wenn sie bunte Fliegen tragen, sondern sie sind lediglich Lehrer und als solche in ihrer ledernen Art ganz vorzüglich. Denn das muß man sehen«, und ihre helle Stimme wurde noch eindringlicher dabei, fast missionarisch, »und das unterschätzt man gerade bei uns in

Deutschland immer wieder: nur wenn man durch harte Arbeit hindurchgegangen ist, gewinnt man das Leichte. Leichtigkeit ist kein Geschenk vorab, sie kommt zuletzt, zuallerletzt. Das, verzeihen Sie, das Künstlerische in der Kunst, dieses Nichtfertigdrehen, das Leichte, das besitzen die Franzosen in hohem Maße, und nur, weil sie das solide Handwerk im Rücken haben. Wir Deutschen, wir malen immer pflichtgetreu unser Bild herunter und sind zu schwerfällig, aus dem Stegreif eine kleine Farbenskizze zu machen, die ..., die duftet, die oft mehr sagt als das ausgeführte Bild. Da werfen sie hier allerliebste Sachen so hin. Oft im kleinsten Format. Bei uns, da eröffnet jeder Maler mit seinen Bildern eine eigene Kunstgeschichte, auf eigene Faust, nach eigenem Gusto. Daher das Rohe oft, die Unbeholfenheit, die Stümperei geradezu bei den schönsten Anlagen ... Ich weiß nicht, wie Sie das für die Literatur beurteilen, aber es geht so viel Energie fruchtlos ins Leere bei uns in Deutschland, so viel Kraft ... Das ist schade eigentlich ... obwohl ...«

»Es rührt mich an geradezu«, warf ich ein, da Frau Becker offensichtlich nicht weitersprechen wollte. Die leere Staffelei, die über Eck zwischen uns stand, ragte aus der Kerzendunkelheit des Ateliers wie ein galgenartiges Gestänge auf. »Ihr hohes Lob des Akademischen führt mir die Gestalt meines Zeichenlehrers vors geistige Auge, Pater Martin, in Beuron, auf der Klosterschule. Unter seiner kundigen Hand gelang es mir, Statuen des Phidias oder Praxiteles peinlich genau aus unserem griechischen Compendium herauszukopieren. Den Torso der Villa Farnese konnte ich sogar auswendig. Und wenn mich dann nicht doch zu guter Letzt die Dichtkunst in ihre Pflicht ... Ein kauziger Mann natürlich, mit seinen ewigen Kautabakspuren auf den Kuttenärmeln ..., ja, unser alter Pater Martin, aber hoch verdient um die deutsche Jugend seinerzeit. Wie sagte er zu uns Sekundanern damals? ›Sehen Sie, meine Herren‹, sagte er, ›es gibt zwei Arten von Malerinnen: die einen möchten heiraten, und die anderen haben auch kein Talent‹.«

Schon während der letzten Worte war meine Stimme ins Zittern geraten. Nur um mich nicht vollends zu entblößen, hatte ich diese harmlose, aber auch etwas heikle Anekdote ebenso verzagt wie tapfer zu Ende gebracht. Doch die Malerin lachte spontan heraus und so herzhaft, daß es mir schon wieder unheimlich wurde. Ihr anhaltendes Lachen machte mich jetzt sogar ein wenig stolz, weil es mir gelungen war, meine ernste Nachbarin auf erfrischende Art zu erheitern. Sie wirkte jung, Frau Becker, in diesem Lachen, so mädchenhaft jung.

»Ihr oller Pater sagte wenigstens offen heraus, was andere nur für sich denken und dann geschickt verschlüsselt von sich geben. In diesem Punkt, da könnte ich Ihnen bis zum nächsten Morgen manches gar lustige Geschichtchen erzählen ... Das eine nur vielleicht: es ist mir hier in Paris passiert, hier im großzügigen, weltoffenen Paris, vor einem Jahr, an der Akademie Julian. Wir malten Akt, das heißt, wir Frauen, es war eine reine Frauenklasse. In der Pause standen sechs ... ja, Kolleginnen standen vor meiner Staffelei und redeten mit Händen und Füßen. Eine Russin fragte mich, ob ich das denn auch wirklich so sähe, wie ich das mache, und wer mir das denn beigebracht hätte. Da log ich, um mir einen Spaß mit ihnen zu machen, und sagte stolz: ›Mon mari‹. Darauf ging ihr ein Talglicht auf, der Russin, und sie sagte erleuchtet: ›Ach so‹, sagte sie, ›Sie malen, wie Ihr Mann malt.‹ Daß man so malt wie man selber, das lag vollkommen außerhalb ihrer Gedankenwelt. Reizend, nicht?«

Gerne hätte ich in diesem Augenblick mehr getan als nur zu nicken, aber Frau Becker war derart gut gelaunt in Schwung, daß ich keine Möglichkeit sah, sie mit meiner Frage zu unterbrechen. »Oder nehmen Sie den anderen Fall, der ist fast schon ein wenig traurig. Ein Kollege von Ihnen, ein sehr guter Freund einstmals, und vielleicht wieder, wer weiß, er lebt zur Zeit auch hier in Paris. Sie werden seine Bekanntschaft machen, ja, doch, sicher ... bald. Er ist ein Dichter von den höchsten Anlagen, ein überaus fein fühlender Mann ... Worum ging es? Ach ja: er kennt Rodin, den großen Auguste Rodin, den ich schon lange einmal besuchen wollte. Und wissen Sie, was Ihr Kollege mir auf sein Empfehlungskärtlein schrieb? Raten Sie es wohl? Er annoncierte mich als ›die Frau eines sehr berühmten Malers‹! Aber Rodin, das war mir dann doch eine riesige Genugtuung, der Meister – ich achtete genau auf jede seiner Bewegungen in diesem Augenblick, so als müßte ich sie nachher malen –, Rodin also, ein Mann mit einem eisgrauen Bartblock vor dem Gesicht, wie ein russischer Heiliger, und diese Stirn! Stil von Stein ist in dieser Stirn, und seine Nase – sie fährt aus der Stirn heraus wie ... wie ein Schiff aus dem Hafen, ein wunderbarer Mann ... riesig ... Was wollte ich Ihnen erzählen? Ja, das Kärtchen da ... also: Rodin steht da und sieht gar nicht hin, nickt mir nur kurz zu, wie von weither, der Titanenblick, und läßt mich dann zwischen seinen Marmorfiguren herumstreifen, und alles war da, alles, der Mann mit der gebrochenen Nase, die Porte de l'Enfer, die Hand, der gewaltige Balzac, und ... eine Armee von Arbeit ... und ..., ach, seine Zeichnungen ..., merkwürdige Formträume, aufs Papier geworfen, das Aquarell von einer Zartheit ... wie ..., und seitdem liebe ich Rodin noch viel mehr ...«

Ich muß hier einräumen, daß ich mich selbst nicht als den größten Seelenkenner bezeichnen würde. Die zage Nuance ist nicht eben meine Sache. Ich liebe es herber, männlicher und ziehe, als Dramatiker, die große, die eindeutig sich gebende Gefühlsgebärde entschieden vor, im Leben wie im Werk. Aber auch mir konnte nicht entgehen, daß sich in dem aufgelösten Gesicht hinter der Kerze ein melancholischer, wenn nicht gar ein bitterer Zug eingeschrieben hatte, und ich schalt mich nachträglich um so mehr für meine tölpelhafte Schüler-Anekdote aus Beuroner Tagen. Ich begann zu ahnen, welchen Enttäuschungen, welchen haarfeinen Demütigungen der kräftige Humor dieser Frau, ihr leichtes Lachen abgerungen waren, und meine Hochachtung vor ihr wuchs von Minute zu Minute, wie meine Anteilnahme.

Ich kann mir nun zugute halten, daß ich um die mögliche Mißverständlichkeit meiner Frage durchaus wußte, gerade auch in diesem Augenblick jetzt wieder, aber die berufsnotorische Neugierde des Dichters erwies sich doch stärker als der Takt des Kavaliers, als ich der jungen Kollegin eingestand, mir sei ein Maler namens Becker in Deutschland niemals untergekommen.

Frau Becker, die bislang an dem weichen Wachs der Kerze herumgeknetet hatte, sie stand nach dieser Frage auf, blieb vor der Staffelei stehen, fuhr mit der Hand die Sparren ab und drehte sich dann mit tänzelnden Schritten durch das dunkle Atelier. Nach einer Weile sagte sie, die Hände auf dem Rücken gekreuzt und schräg zum Oberlicht gekehrt, gleichsam in die Nacht hinaus über sich sagte sie: »Nein, einen Maler Becker gibt es freilich nicht. Ach, wissen Sie, die Namen ... die Männer haben's auch in diesem Punkt bequemer. Ich weiß gar nicht mehr, wie ich mich nennen soll, bei Vorstellungen oder auf Briefen. Ich bin nicht mehr Frau Modersohn und bin auch nicht mehr Paula Becker. Ich bin ... ja, wer eigentlich? Ich bin ... Ich – und hoffe, es immer mehr zu werden. Damit müssen Sie vorlieb nehmen, lieber Herr Nachbar, alle müssen sie damit vorlieb nehmen, alle ...« Sie war aus der Dunkelheit, die mir die Frau bei diesen Worten beinahe ganz weggenommen hatte, wieder zu ihrem Stuhl zurückgekehrt.

»Ich schlage Ihnen ein kleines Geschäft vor, ja?« sagte sie und funkelte mir über die Kerze hinweg in meine Augen, »Sie dürfen mich einfach Paula nennen, aber nur, wenn auch Sie mir eine Freiheit zugestehen wollen.«

Halb war es Schreck, halb eine phantastische Hoffnung, die mich vollkommen unbedacht die Zusage geben ließ. »Darf ich Sie ..., ja, lassen Sie sich ›Doktor‹ von mir nennen, bitte-bitte! Spitznamen sind eine alte Tradition in der Familie Becker, und ich finde ›Doktor‹ einfach treffender. Obwohl Ihr Name ... Anderland ... es klingt so poetisch, wie eine Liedzeile, er gefällt mir gut, sein Klang, ich könnte ihn mir sogar einmal in einem dichterischen Zusammenhang ...«

Ich war verwirrt, erleichtert, geschmeichelt auch von diesem Vorschlag, der sich mit unschuldiger Verspieltheit über die bürgerliche Lebensstrenge hinwegsetzt, wie man es einer Frau und gar einer Künstlerin nicht gerne abschlagen mag. Gleichwohl gab ich Paula zu bedenken, daß ich meine historischen Studien auf der Alma Mater von Tübingen lediglich mit einem Gymnasiallehrer-Examen, wenn auch mit höchsten Prädikaten, abgeschlossen hatte, aber diesen Einwand wollte sie nicht gelten lassen. »Sie sind doch Dichter, Doktor«, sagte sie und zeigte dieses Lachen wieder, in dem sie selbst am meisten war, »drum nehmen Sie es als Metapher, ja?«

An der Türe gab sie mir ihre Hand, eine fleischige Hand durchaus, und kräftig. »Wissen Sie übrigens, daß Sie ein ausgezeichneter Zuhörer sind, Doktor? Das kommt, weil Sie so schön mit den Augen hören können.« Aufgewühlt stand ich in meiner tristen Kammer. An Schlaf war nicht zu denken, obwohl ich beide Partien meines Dienstes heute wacker abgeleistet hatte, was mir sonst immer eine bekömmliche Nachtruhe sichert.

Da lebte ich also Wand an Wand mit der Frau des berühmten Worpsweder Malers Otto Modersohn! Seine Gemälde, farblich feine Landschaften, hatte ich zum ersten Mal in Dresden gesehen, vor manchen Jahren schon, und sie gefielen mir recht gut, obwohl ich in ihnen die große Gebärde, das Heldische, Kühne, das unseren göttlichen Böcklin aus allen so heraushob, vermißte. Und dessen Frau jetzt neben mir, die zudem noch durchaus eigene, mit Energie vertretene Ansichten zur

Kunst zu haben schien, ja, ich hatte den bestimmten Eindruck gewonnen, daß Paula Modersohn, die sich Becker nannte, mit ihrer Muse ebenso erbittert rang wie ich mit Melpomene. Ich schätzte mich glücklich, diese Frau als Gesprächspartnerin nach den doch eher einsamen Wochen hier in Paris vom Zufall des Lebens zugewiesen bekommen zu haben.

Um die Schlaflosigkeit produktiv zu nutzen, holte ich meinen Roten aus dem Kleiderschrank hervor, setzte mich an den Schreibtisch und notierte den Inhalt unseres Gesprächs in mein poetisches Notizbuch. Schön wollte sie mir scheinen jetzt, schön in ihrer Herbheit, und stark und ... und mich hält sie für einen Doktor, hoffentlich doch der philosophischen Fakultät zugehörig ...

Nachsinnend und schreibend vor nachtschwarzem Fenster, befeuert von einem guten Tropfen – was kann ein Dichter sich Höheres denn wünschen?

Der Bart. Meine Augen. Blau und grau. Zu große Pupillen. Mutters Augen, sagten sie. Wie lange hatte ich schon nicht mehr mit Bewußtsein in einen Spiegel geschaut? Das aschblonde Haar: so weit aus der Stirn gewichen ... Zurückgekämmt, staut es sich über den Ohren und läßt mich älter aussehen, als es meinen vierzig Jahren ansteht. Den etwas dunkleren Bart, mit dem ich eine schlimme Akne der Jugendzeit verbarg – wann war er zuletzt geschnitten worden? Seine anarchistische und doch auch etwas dünne Wildheit wollte mir jetzt nicht mehr einleuchten.

Zwei Tage rang ich mit mir und achtete auf meinen mittäglichen Gängen durch das Lateinische Viertel schon nebenbei ein wenig auf die kleinen Friseurgeschäfte und notierte mir die Preise, die mit Kreide auf den Fensterscheiben verzeichnet waren. Dann war die Entscheidung herangereift, die Wahl getroffen, und mit Herzklopfen gab ich mich zur Mittagsstunde in die Hände eines Barbiers an der Place Contrescarpe, hinter dem Pantheon. Er schnitt mir die Haare kurz und stutzte meinen Bart. Unbeauftragt rührte er dann noch Seife in der Schale an, trug den festen Schaum auf Hals und Backen und rasierte mir saubere Konturen aus.

Obwohl zunächst in Sorge um den Aufpreis, genoß ich dann doch reuelos die Arbeit seiner geübten schlanken Hände an mir. Welche Spannung war in ihnen, was für eine behutsame Kraft! Die Zärtlichkeit dieser Finger auf meiner Haut – wie lange war ich nicht mehr angefaßt worden von einem Menschen. Ich erschauerte unter diesen Berührungen, weit innen, und Tränen stiegen mir in die Augen, wie ich uns beide im Spiegel beobachtete, zwei fremde Menschen, zwischen denen nichts als Güte war. O reines Glück, das ich in diesen Minuten durchlebte ...

Als der Meister mir die Serviette mit gekonntem Schwung vom Halse zog, schrak ich auf wie aus einem Traum. Besorgt fixierte mich der Freund im Spiegel und fragte, ob ich nicht zufrieden sei. Da ich zu keinem Wort jetzt fähig war, nickte ich nur und drückte die Hand des Mannes lang und fest. Schon im Gehen begriffen, sprang er mir mit einem Flakon hinterher und sprühte mir die ausrasierten Stellen mit einem Duftwasser ein und klatschte es mit kleinen, lockeren Hieben seiner Künstlerhand auf meiner Haut fest. Obwohl ich ihm kein Trinkgeld geben durfte für seinen Liebesdienst, denn das hätte mir diese hohe Stunde entweiht, riß der Mann die Türe vor mir auf und entließ mich mit einer tiefen Verbeugung. Ich ging nicht, nein: ich schwebte über die Straßen. Das Glück – o ja, es gibt es, auch für mich! Verstohlen probte ich mein Äußeres in den Fensterscheiben der Geschäfte auf meinem Weg nach Hause, zum Dienst. Natürlich lief ich im Entrée der schlüsselklimpernden Madame Vavin in die Arme. Sie warf mir einen zweiten, einen forschenden Blick über die Schulter nach, daß ich errötend an ihr vorbei die Treppe hinauf nach oben floh.

Es war noch früh am Nachmittag, und es war das erste Mal, daß ich Stimmen hörte in Paulas Zimmer hinter der Tapetentür. Nein, es duldete keinen Zweifel: die fremde Stimme war die Stimme eines Mannes. Kein unangenehmes Organ: eine Mittellage, leise und doch sehr artikuliert und deutlich, ohne daß ich freilich etwas verstehen konnte.

Merkwürdig. Trotz des Hochgefühls nach meinem Friseurbesuch wollte mir der Dienst heute nicht von der Hand gehen, obwohl seine zweite Etappe die leichtere ist. Am Nachmittag pflege ich die Stellen, die ich bei der morgendlichen Lektüre angestrichen habe, in mein Materialienbuch zu exzerpieren und mit eigenen Bemerkungen anzureichern. Anschließend wird dann das gelesene Buch inhaltlich zusammengefaßt, um es ganz zu dem meinen zu machen. Doch die Muse ließ sich nicht zwingen jetzt. Als ich das spürte, verließ ich sehr leise das Zimmer und wanderte in die Stadt hinein.

Das Gastmahl. Es klopfte an bei mir. Ich hatte meinen Dienst gerade für eine schöpferische Pause unterbrochen und feilte die Fingernägel. Paula stand in der Tür und behielt die Klinke in der Hand. Sie plane einen Anschlag auf mich für heute abend.

»O, Sie haben sich verändert, Doktor«, sagte sie. Ich mußte überlegen, ehe ich mich an den Friseurbesuch vor Tagen erinnerte. »Es gefällt mir besser so, Ihr Haar. Sie sehen jünger aus.«

»Wollen Sie nicht nähertreten, Paula?« beeilte ich mich und hob meinen Schreibtischstuhl ein Stück zur Seite. Es pochte in den Ohren. Jetzt lagen sie ja offen in ihrer ganzen Größe. Nein, nein, ihr Bild ... sie wolle mich nur fragen, ob sie mich nachher zum Abendessen einladen dürfe, außer Haus.

»Machen Sie sich keine Gedanken, Doktor. Es ist nur ein kleiner Schabernack!« ermunterte sie mich, da ich schwieg. Was war zu tun? Ich sagte Ja.

Auf der Straße empfing uns ein leichter, warmer Frühlingsregen. Paula trug ihren Wintermantel noch mit Pelzkragen und hielt die Hände in einem Muff. Sie wirkte sehr damenhaft getragen in dieser Aufmachung, was meine Beklommenheit an ihrer Seite nicht gerade schmälerte. Weit hatten wir nicht zu gehen. Wir überquerten den Boulevard Raspail und bogen in die Rue de Bagneux ein. Dort, vor der »Brasserie Universelle«, legte Paula ihre warme Hand auf die meine, trat eng an mich heran und gab mir leise ihre Anweisungen.

Nun war diese Brasserie kein allererstes Haus, aber doch aufwendig genug, als daß ich es für mich allein je aufzusuchen hätte wagen dürfen. Was machte mich befangener? Paulas bestürzende Körperlichkeit so nah, in Atemweite, oder war es der Gedanke, mich von einer Dame einladen zu lassen, zumal, bei Licht besehen, keine Aussicht bestand, mich dafür zu revanchieren, denn ich war, wie wohl schon erwähnt, zur strengsten Finanzdiät gehalten.

»Also, Doktor«, flüsterte Paula im Verschwörerton, obwohl weit und breit auf dem Trottoir kein Mensch sich um uns beide kümmerte, »greifen Sie feste zu beim hors d'œuvre und schonen Sie den Brotkorb nicht. Es ist ja nur ein Spaß, Doktor, Sie brauchen keine Angst zu haben, ich habe schon Routine darin.«

Wir betraten die Brasserie, das heißt, Paula zog mich halb hinter sich her. An der Kasse verhandelte sie kurz und zahlte einen geringen Geldbetrag. Wir suchten uns einen Platz an der langen Tafel, an der in diesem Lokal alle Gäste gemeinsam aßen, sehr eng aneinander sitzend.

Was wir aßen, nahm ich in meiner Aufregung zuerst kaum wahr, aber es schmeckte vorzüglich. Dann stand der Kellner neben mir. Paula wies ihn an, sehr von oben, sich mit dem Wein noch zu gedulden. Wir wollten ihn erst zum Hauptgericht einnehmen. Überhaupt strahlte Paula in dieser Umgebung eine Sicherheit aus, die ich ihr zunächst nicht zugetraut hatte. Ja, sie wirkte festlich geradezu, wie sie da saß in ihrem schmucklosen Kleid und ohne jede Befangenheit, mit sichtlichem Genuß sich von dem hors d'œuvre bediente, ganz so, als bewege sie sich tagtäglich in einem entsprechenden Rahmen.

Aus ihrem gutbürgerlichen Habit stach lediglich die Korallenkette hervor, die sie sich, befremdlich genug, um ihr rechtes Handgelenk geschlungen hatte. Das strauchförmig verzweigte, blaßrote Tierskelett an ihrer Hand zwang sie zu einem besonders sorgfältigen Essen, zu einer gesteigerten Eleganz der Gabelführung. Das gab ihren Bewegungen eine Zierlichkeit, die ebenso kostbar wie doch auch wieder kindlich wirkte. Ich konnte jedenfalls meinen Blick nicht davon wenden.

»Die habe ich für meine Tochter gekauft, damals, in meiner Brautzeit, es muß ..., ich glaube ... ja, es war in Dresden sogar, in meiner Geburtsstadt, bei einem Trödler.«

»Und ... wo befindet sich Ihre Tochter derzeit, wenn ich ...« »Ich habe keine Tochter«, unterbrach mich Paula und widmete sich erst einmal wieder ausführlich ihren crudités. »Noch nicht ... oder bald ... oder nie. Wer das wüßte ... Nein, ich muß jetzt malen! Das ist beschlossene Sache. Ich muß es zu etwas bringen, bevor ich dreißig werde.«

»Und ... und Ihr Gatte?« Diese Frage kostete mich keine kleine Überwindung.

»Wir haben uns getrennt. Ich werde in Paris bleiben diesmal. Ich kehre nicht mehr nach Worpswede zurück.«

Obwohl ich sie genau im Blick hielt, fiel mir in ihrem Gesicht keine Veränderung auf bei diesen Worten. Es lag weiter eine Gefaßtheit auf ihrem Gesicht, das voll war, fast rund, und manchmal sogar ein bißchen aufgeschwemmt wirkte, zumal dann, wenn Paula wie heute abend das Haar von einem Mittelscheitel nach hinten gebunden trug. Doch ihre Oberlippe, die ohnehin so schmal war, daß man sie beim Reden nur als eine Linie wahrnahm, hatte sich vielleicht noch etwas mehr verhärtet. Dort zog sich offenbar die Willenskraft der jungen Frau zusammen, die mich ängstigte und die ich gleichwohl auch bewundern mußte.

»Und ... und Ihr Gatte?« Bewußt wiederholte ich den Wortlaut meiner Frage, um dadurch weniger indiskret zu erscheinen.

»Otto? ... Muß damit leben. Und wird es auch. Er hat seine Malerei, und ich will die meine haben. Modersohn braucht das Leben nur als ein Ausruhen von der Kunst und kommt immer auf seine Rechnung. Er ist in Worpswede am rechten Platz. Aber ich, ich habe von Zeit zu Zeit den starken Wunsch, noch etwas zu erleben ...«

»Das mag frivol klingen, ja«, gab sie mir als Antwort auf meine hochgezogene Stirn, »ichsüchtig, undankbar, was noch alles, ich weiß, ich weiß, zumal für eine Frau, ich habe es oft genug gehört! Ich danke sehr. Was man dem Mann gestattet, die Selbstverwirklichung als Künstler, das ziemt dem braven Weibe nicht, nicht wahr, das wollten Sie doch sagen, Doktor?«

Ich tupfte jetzt lieber sorgfältig das Öl um meine letzte Sardine weg mit dem Brot, das Paula für uns beide nachbestellt hatte.

»Aber das ist nur die eine Seite, Doktor. Die andere bleibt euch Männern, ja soll ich sagen: erspart? Nein, nein, ihr armen Wichte, ausgeschlossen seid ihr davon, ausgeschlossen auf ewig«. Paulas Stimme klang leiser und eindringlicher zugleich. Die Korallenhand lag neben dem Teller und hielt die Serviette fest. »Denn diese Mutterbotschaft, sie lebt doch immer noch in jedem Weibe. Und auch in mir, natürlich. Das ist alles so heilig. Das ist ein Mysterium, das für mich so tief und undurchdringlich und zart und allumfassend ist ... Ich beuge mich ihm, wo ich ihm begegne. Ich knie davor in Demut. Das und der Tod, das ist meine Religion, weil ich sie nicht fassen kann ... nicht fassen ... Das sind für mich die größten Dinge dieser Erde. Und dann die Kunst, das Malen, diese anderen Kinder auf der Leinwand, ganz von innen ... Die Spannung zwischen dem Leben und der großen Arbeit. Oder soll ich nicht eher von einer Feindschaft sprechen? Ich weiß ja nicht, Doktor, wie Sie das sehen, in welchen Verhältnissen Sie leben, aber ...«

Der Kellner. Diesmal half er mir aus meinen Nöten. Er räumte unsere Teller ab. Ich wollte mir gerade die Serviette wieder in den Hosenbund stecken und formulierte an einer vorsichtigen Erwiderung, als Paula mich unter dem Tisch gegen das Schienbein trat, schon stand, den Mantel überm Arm, und hocherhobenen Hauptes, wenn auch geschwind das Lokal verließ.

Ich stürzte ihr nach. Draußen erinnerte Paula mich an meinen Mantel. Ich hatte ihn bei der Flucht vergessen, und so mußte ich umkehren und unter den verachtendsten Blicken – es waren Flammendolche! – der langen Gästetafel zweimal ein Golgatha absolvieren, das mich die Grenze meiner Seelenkräfte streifen ließ.

Aber das Lachen, mit dem mich Paula auf dem Bürgersteig empfing, entschädigte mich für das zuvor erlittene Kreuz vollauf.

Paula hüpfte ausgelassen auf dem nassen Pflaster, mitten auf dem Fahrweg. Sie hatte sich eingehakt bei mir und zwang mich so zu einer hopsenden Gehweise, die ich nun überhaupt nicht schätze. Diese Frau schien mir ein zweigeteiltes Wesen zu sein. Nein, zerrissen war sie nicht, eher verdoppelt. Eben noch lag eine Erdenschwere über ihr, zuletzt, beim Tischgespräch. Auf diesem runden Gesicht hatten mir für Sekunden die Züge einer lehmigen Muttergottheit gedroht. Und jetzt, da sie neben mir ging, maß ich verstohlen ihr Profil und fand die Frau aus der Brasserie nicht wieder. Vogelhaft sah Paula von der Seite aus mit ihrer langen, schmalen Nase, spitz geradezu und jungmädchenhaft-frech. Dazu dieses Lachen über unseren gelungenen Streich. Welches ihrer Gesichter galt nun eigentlich? Woran sollte ich mich halten?

Als wir am traumschwarzen Gemäuer des Katholischen Instituts vorbei in die Rue Cassette einbogen, lud ich Paula noch auf ein Glas Wein in ein Bistro, schräg gegenüber unserer Ateliers.

Wir saßen auf jenen Eisenstühlchen, bei denen man sich jedesmal aufs neue wundert, daß sie, allem Augenschein spottend, durchaus nicht unbequem sind. Paulas unverstellte Offenheit machte es mir leicht in dieser Stunde, von mir und meinem persönlichen Lebensentwurf zu erzählen. Ich wartete, bis der Wein kam, ehe ich davon sprach, wie ich mich vor wenigen Jahren entschlossen hatte, meine bürgerliche Existenz zu liquidieren und fortan ganz der Kunst zu leben. In Mainz, wo ich mich niedergelassen hatte, weil mich die Stadt als Vorposten der Großen Französischen Revolution angezogen hatte, ein folgenschwerer Irrtum übrigens, wie sich dann herausstellte, nie fand ich geistigen Anschluß in dieser Stadt, in Mainz also hatte ich meine Gymnasialprofessur aufgekündigt. Doch das Brot des freien Schriftstellers: es brach sich hart, allzu hart beinahe. Ein schmales Bändchen mit Prosaskizzen, dem ich den Titel »Monologe über das Glück« gegeben hatte, fand nicht das Echo, das es verdient hatte. So sah ich mich fast vollständig auf die Rücklagen aus meiner Professorenzeit verwiesen, um mich zu erhalten. Vor einem Jahr dann verließ mich Luise, meine Braut, und ich verschwieg vor Paula den bitteren Verdacht nicht, daß bei diesem Entschluß auch materielle Überlegungen eine Rolle gespielt hatten, eine entscheidende vielleicht sogar. Denn Luise sah sich an meiner Seite wohl der Möglichkeit beraubt, eine Familie zu gründen. Kinder zu haben schien ihr wichtiger zu sein, als neben einem Künstler zu darben, dessen Zukunft durchaus auf unsicheren Füßen stand. Ich bin der Mann nicht, über Luises Entscheidung den Stab zu brechen, o nein. Denn das ist wahr: mein Wunsch, mich in einem Kinde zu verewigen, war immer schon schwach ausgebildet, und die Menschlein in der Brei-Epoche – es freute mich zu sehen, daß Paula über diese meine Worterfindung lächelte –, die Menschheit in der Brei-Epoche, wiederholte ich, gehört nicht eben zu meinen bevorzugtesten Neigungen. In der jetzigen Situation war ich aber umso weniger gesonnen, mein hohes, reines Ziel für eine Familiengründung dahinzuopfern.

»Und so hat Luise mich denn aufgegeben«, sagte ich mit belegter Stimme und griff zum Glas. Obwohl ich spüren konnte, daß Paula mir mit Anteilnahme zuhörte, glitten ihre großen, bernsteinbraunen Augen bei meinem Erzählen doch auch über all die fremden Gesichter hier im Gastraum hinweg. Wir hatten uns, wie ich es liebe, in eine Ecke gesetzt und konnten die Theke und das Lokal und die vorgebaute Glasveranda, in der sich schon ein paar Wagemutige in Schal und Mantel niedergelassen hatten, vor uns überblicken. Paula beugte sich nah zu mir herüber und flüsterte: »Verzeihen Sie, Doktor, ich will Sie nicht unterbrechen, aber sehen Sie diese Dame dort, die, ja, ich glaube, es ist eine Zwiebelsuppe, die sie da löffelt?«

Ich schaute vorsichtig in die Runde und sah an der Fensterwand eine Dame unbestimmten Alters sitzen. Schräg hing ihr die weiche, olivengrüne Baskenmütze auf gelocktem, dunklem Haar. Schmuckgewohnte Hände liefen in kobaltblauen Fingernägeln aus. Wenn sie sich mit der Serviette die Lippen tupfte, bei abgespreiztem kleinem Finger, wirkte sie geradezu vorrevolutionär adelig.

»Schauen Sie nur«, reportierte Paula mit gesenkter Stimme und einem schlingenden Blick, »wie sie das weiße Brot im Mund wendet, so als sei es ..., wie eine Oblate beim Abendmahl! Sieht das nicht so aus, als wollte sie ihre Zunge sparen – für später?«

Ich zuckte zusammen. Wenn ich Paula richtig verstanden hatte, mußte das eine sehr kühne erotische

Anspielung gewesen sein eben. Immerhin war sie ja noch verheiratet mit Otto Modersohn.

»Ja, sie könnte wirklich eine Duchesse sein«, umging ich geschickt diese gefahrenreiche Klippe, »eine Erbin alter Namen, alter Schulden auch und unverdienter Privilegien«, stellte ich poetisch anheim und doch auch Abstand wahrend. »Aber ich habe Sie unterbrochen, Doktor«, wandte Paula sich wieder hin zu mir.

»Nein, nein. Es ist nicht mehr viel zu sagen«, winkte ich ab und bestellte uns beiden noch einen Wein nach bei dem federnden jungen Burschen.

»Nachdem Luise weggegangen war von mir, sie hat dann bald auch Mainz verlassen, hielt mich nichts mehr dort in dieser geistarmen Stadt. Ich habe meine letzten Ersparnisse zusammengerafft und setze jetzt hier in Paris alles auf eine Karte.« Der Wein tat gut, er stärkte meine Nerven.

»Mein Marat-Stück, Paula, es muß ..., es muß mir den Durchbruch bringen, und seit Sie neben mir wohnen, gestatten Sie mir dieses persönliche Wort, bitte, nein, lächeln Sie jetzt nicht, Paula, seitdem zweifle ich daran weniger als in den Tagen davor. Sie haben Kraft genug, um auch schwächere Naturen aufzurichten.«

Paula schaute mir kurz in die Augen, und ein reizendes kleines Rot verriet sich auf ihren Wangen. Meine Zunge war gelöst wie lange nicht mehr.

»Die Liebe der Frauen«, holte ich aus mit einer Stimme, daß sogar die Duchesse von ihrer Zwiebelsuppe hochschaute, auf das königlichste gestört, »die Liebe der Frauen enthält wie die Büchse der Pandora alle Schmerzen des Lebens, aber sie sind eingehüllt in goldene Blätter und so voller Farben und Düfte, daß man nie klagen darf, die Büchse geöffnet zu haben.«

»Bravo, Doktor!« rief Paula und deutete ein Händeklatschen an, »das haben Sie ja vorzüglich gesagt. Ein solches Frauenlob in Ihnen ...! Sie stammt doch von Ihnen, diese schöne Wendung?«

»Leider nein«, sagte ich tonlos in mein Glas hinein und hatte einer bösen Versuchung mannhaft standgehalten.

Nachlese. Auch dieses abendliche Gespräch mit Paula hatte mich so angerührt, daß an Schlafen nicht zu denken war, als ich wieder allein in meiner Kammer war. Ich stand, im Mantel noch, und überlegte. Der Dichter entschied sich für den Schreibtisch, und so schrieb ich die Eindrücke dieses Abends in mein poetisches Notizbuch nieder, wobei ich gewonheitsmäßig meinen Roten zu Rate zog, die »Hausmarke«, wie ich den Wein nenne, den ich mir literweise in einem kleinen Weindepot in der Nähe der Pension abfüllen lasse, genau gesagt, in der Rue de Madame.

Mein poetisches Notizbuch, das blaue, führe ich parallel zu dem Materialienbuch, das in braunes Wachsleder geschlagen ist. Während ich dort die Exzerpte aus den historischen Quellen zu Leben und Wirken des Jean Paul Marat eintrage, sammle ich in dem poetischen Notizbuch Stimmungen, kurze Wortwechsel, einzelne Redewendungen oft nur, die mich von irgendwoher anwehen und die ich dereinst, wenn es soweit ist, den handelnden Personen meines Marat-Stücks in den Mund zu legen gedenke.

»Was man den Männern gerne zugesteht, das ziemt dem Weibe nicht« – so hatte Paula es wohl ausgedrückt über ihren crudités vor Stunden, und obwohl diese Formulierung von ferne an den großen Schiller anklang, hörte ich sie in dieser produktiven späten Stunde jetzt von dem starken Organ meiner Charlotte Corday auf der Bühne gesprochen, nein: hinausgeschleudert in die Welt, und damit war sie mein geworden.

Flink flog die Feder auf dem Papier über all die Hemmungen hinweg, die mich bei Tage oftmals hindern. Es war wohl der Wein, der meine Gedanken so leicht aufschweben ließ? Erst bei der minutiösen Beschreibung der Duchesse, die Paula mir in dem Bistro gezeigt hatte, überkam mich die Müdigkeit. Tief schlief ich, wie schon lange nicht mehr. Und sah ein Bild vor Augen: sah eine alte Frau ... saß da in einem violetten Wetterleuchten, zwischen Mohnblüten und Mohnkapseln ... hält einen hohen Stengel Fingerhut in der Hand ... breitflächig sitzt sie, erdrückend schwer, ein Thronen auf der Erde, ganz im Besitz von sich, kein auswärtiger Gedanke geht sie an, die alte Frau hat sich verjüngt, Gesicht und Hände braun, wie von Blut und Erde ... tief gezogen der Mund, seine Winkel versiegelt ... und jetzt erkenne ich: Paula ist es, es ist Paula ... und erschrecke: im Gürtel steckt ihr ein schlanker blanker Dolch –

Augen. Die Stimme dieses Mannes wieder hinter der Wand. Seit Stunden schon mußte ich sie hören. Sie unterhielten sich auf deutsch. Mehr war nicht zu vernehmen. Das Horchen an der zugenagelten Tapetentür nährte langsam Bedenken in mir, ob Paulas Trennung von Otto Modersohn vielleicht doch nicht nur mit ihrem rücksichtslosen Maltrieb in Verbindung zu bringen war. Endlich das Knarren im Treppenhaus.

Am Abend konnte ich meine Neugier dann nicht länger bemeistern. Ich ging zu Paula, mit Pfeife und Tabak versorgt und unterm Arm meinen Roten, um diesem bitteren Kakao bei ihr zu entkommen. Es roch nach Farbe, frischer Farbe: der weite, hell ausgeleuchtete Atelierraum verengte sich unter ihrem strengen Duft, diesem Hauch von Labor und Krankenhaus.

Ein Bild stand auf der Staffelei, und ich nahm es als Zeichen ihres gewachsenen Vertrauens, daß Paula es nicht wieder sofort beiseite räumte. Sie stand davor in einem ihrer langen, dunklen Kleider, auf denen ich vergeblich nach Malspuren suchte. Wortlos lud sie mich zum Mitschauen ein.

Das erste Bild, das ich von Paula sah: sie selbst. Meine Augen wanderten zwischen Paula und ihrem Abbild. Die

Gesichter ähnelten einander und waren doch höchst verschieden. Auf den ersten Blick schien mir die gemalte Paula ikonenhaft starr zu sein, aber bei längerem Betrachten sog es mich geradezu in diese großen braunen, offen hingehaltenen Augen hinein. Dieser Blick – nur blickend. Diese Augen lächelten nicht, sie sehnten sich nicht, sie waren weder hart noch weich, gingen nicht nach innen und suchten nichts außerhalb. Es war das Sehen selbst, das sich in ihnen sammelte, aus leicht gedrehten Pupillen.

Die gänzliche Abwesenheit eines Gefühls irritierte mich. Ich wußte nicht, ob ich diese Leidenschaftslosigkeit gutheißen sollte. Schauen Tiere nicht ebenso? Nein, sie wittern, sind immer hinter etwas her, blankäugig – und dieser Blick ... Ja, so war es: er wollte nichts. Wie kann man nur so leben, in solcher unbeteiligten Kühle, dachte es in mir, und um mein Schweigen zu brechen, das auf mir zu lasten begann, sagte ich: »Ihre Augen, Paula ..., sehen Sie das wirklich so, oder ...?«

Paula, glaube ich, amüsierte sich über meine Frage. Sie legte sich den Zeigefinger auf die Lippen. Es war ein befremdliches Lächeln um ihren Mund.

»Sie sind einer der wenigen, Doktor«, sagte sie, »die jetzt von sich behaupten können: Ich habe ein Bild von Paula Becker gesehen. Das ist so, ob es Ihnen gefällt oder nicht.«

»Nein, es gefällt mir, doch, nein, es gefällt mir gut«, beeilte ich mich, aus Angst, etwas Falsches zu ihrem frischen Bild gesagt zu haben. »Aber ich muß mich erst an Ihre Sicht der Dinge gewöhnen«, fuhr ich fort, immer noch zu hastig, und meine Stimme schien mir kläglich zu klingen. »Ich hatte nur nicht erwartet, daß eine Frau ..., nein, verzeihen Sie, daß Sie so ...«

»Was haben Sie denn erwartet, Doktor?« lachte Paula. »Veilchen und Vergißmeinnicht, einen Sonnenuntergang, oder ein paar schwebende Engelchen gar, mit rosaroten Backen?«

»Stört es Sie, wenn ich mir ein Pfeifchen anstecke, Paula?« fragte ich, um mir ein wenig Luft zu schaffen. »O nein. Ganz im Gegenteil! Sie können gar nicht ahnen, wie angenehm es mich erinnert ... an Worpsweder Abende, früher, die langen, dunklen Worpsweder Abende: im Tabaksdampf zu sitzen und nach der Arbeit über Malerei zu reden. Parler peinture, wie sie hier sagen ...«

Ich hatte meinen Stuhl so gestellt, daß ich das Bild auf der Staffelei auch beim Gespräch mit Paula anschauen konnte, und stopfte meine Pfeife.

»Es belästigt Sie doch hoffentlich nicht? Ich kann es auch gerne wegstellen«, neckte Paula mich. Es wurde mir leichter, als wir beide jetzt so miteinander lachen konnten.

Paula aß zu Abend. »Kalter Reis mit Schnittäpfeln und Rosinen, meine Lieblingsspeise, seit der Kindheit. Und praktisch!« Dazu trank sie diesen unvermeidlichen Kakao. Ich schenkte mir von meinem Roten ein.

Weit ausgeschnitten war das Kleid mit der weißen Bordüre, fiel gerade und offen herab bis auf die ... die Brust war vom Bildrand überschnitten.

»Heute Mittag war ein Kollege von Ihnen bei mir, Rainer Rilke ... Wir sprachen wohl schon über ihn. Sie kennen ihn doch? Er sitzt mir.«

»Sitzt Ihnen ...?«

»Modell. Ich werde Sie demnächst einmal zusammenbringen mit ihm. Nur wenn Sie es wollen, selbstverständlich«, setzte Paula hinzu, als habe sie mein Widerstreben bei diesem Namen gespürt.

»Das Lyrische ist nicht gerade meine ... meine Domäne«, sagte ich und gab mir Mühe, meine Abneigung gegenüber diesem Schriftsteller zu verbergen. »Gedichte sind mir im allgemeinen zu ..., zu ... weißblütig vielleicht.«

»Er schreibt auch Prosa!« Paula stand auf und brachte mir, den Breilöffel in der anderen Hand, ein Buch herüber. Ich faßte es mit spitzen Fingern an und kam nicht umhin, zunächst einmal seinen Einband in Augenschein zu nehmen, denn das Bändchen prangte doch sage und schreibe ganz in rosa Seide. Wattiert auch noch, lag dieser weibische Stoff lose um den Buchblock, und selbst die Außenkanten innen waren mit Seide unterlegt, einem weißgrundigen, geblümten Band. Mir schauderte.

»Selber gemacht«, sagte Paula, »die liebsten Bücher sollen meinen Stempel tragen, und auch Ihr Marat-Stück, lieber Doktor, will ich so fein herausputzen, wenn es erst einmal gedruckt vorliegt. Sie haben mein Wort!«

»Darf ich?« fragte ich und öffnete das Buch zufällig auf der Widmungsseite. Zum Zeichen eines Grüßens und Sehnens. Ihr Rainer Maria Rilke, las ich in kleiner, genauer deutscher Schrift, die allerdings zum Lateinischen hin aufgeweicht war. Über den Namenszug war mit geradem Schwung ein langer Strich gezogen, als eine doch sehr heftige Betonung der eigenen Person.

»Das Büchlein handelt von unserem Worpswede und ist vielleicht ein wenig gar zu schön geschrieben. So viele hochgesetzte Worte, aber die Substanz ist am Ende dann doch vielleicht ... In Worpswede selbst jedenfalls hat das Buch einen mehr als zwiespältigen Eindruck hinterlassen.« Paulas Stimme klang so, als wollte sie mir entgegenkommen mit ihrer kritischen Einlassung. Die Art, wie ich das Buch hielt und anblätterte, schien ihr nicht zu entgehen, obwohl sie immer noch bei ihrem Milchreis war.

»Aber lesen sollten Sie es wirklich einmal, schon um zu sehen, wie wir in Worpswede so leben ... oder lebten ..., und vielleicht auch, ich könnte es mir denken jedenfalls, vielleicht bringt es auch Ihnen selbst Gewinn ...«

Paula trug jetzt ihren Teller in die Ecke, und ich nutzte diesen Augenblick in ihrem Rücken, mich unversehens von diesem Werk aus Seide zu trennen. Ich wollte mich wieder unabgelenkt dem Bild vor mir zuwenden können.

Der Hintergrund war in hellem Grün gehalten, fleckig gemalt, in das mit einem eher groben Pinselstrich mehrere blaue Blüten hineingesetzt waren, ja, es sollten wohl Iris sein. Paula war vor ihrem Bild stehengeblieben. Ich stellte mich an ihre Seite. Wie sie verschränkte ich die Arme vor der Brust. »Entschuldigen Sie, Paula, ich sehe keine Iris hier im Raum, wir haben ja auch noch nicht einmal Frühling ...«

»Ach, das ist nur Psychologie, oder auch nur so ein kleiner handwerklicher Trick«, sagte Paula obenhin mit ihrem flinken norddeutschen Mundwerk. Aber sie ließ sich dann doch ernsthafter auf meine Bemerkung ein.

»Die Farbe zeichnet. Sehen Sie: was mache ich denn, wenn ich male? Ich setze Farben auf die Leinwand. Mehr nicht. Farben, verstehen Sie? Den Gedanken einer Stirn drücke ich ..., sagen wir, durch das Leuchten eines hellen Tones auf einem dunklen Grund drück ich den aus. Die Hoffnung vielleicht durch einen Stern. Den Eifer eines Mannes durch das Strahlen der untergehenden Sonne ... oder so in etwa.«

»Das heißt, wenn ich Sie recht verstehe, die Form..., der Inhalt seien ohne Belang dabei?«

»Vielleicht ... Nein, so kraß nun wieder nicht, aber es geht wohl schon in diese Richtung. Man darf es natürlich auch nicht übertreiben. Man soll nie Farben malen wollen, auf dem kürzesten Weg sozusagen, sie müssen schon durch die plastische Figur hindurchgegangen sein, durch einen Körper. Verstehen Sie? Das muß einfach zusammenstimmen. Leicht gesagt, nicht wahr? Wenn ich zum Beispiel ... also nehmen wir an: ich will eine helle Felswand vor blauer Luft malen, dann denke ich, meinetwegen: sagen wir ruhig einmal denken dazu, also: dann denke ich nur an die plastische Erscheinung des Felsens und gebe vorsichtig dann der Luft einen Anhauch von Farbe, bis sie blau im Verhältnis zum Felsen erscheint. So ungefähr ... Man sollte überhaupt nur Verhältnisse malen, Verhältnisse, keine Einzelheiten.«

»Wollen Sie damit sagen, Paula, Sie sehen sich auf diesem Bild ... Sie sehen Ihr Gesicht dort nur als ein Verhältnis von Farben?«

»Wären Sie denn sehr enttäuscht von mir, wenn es so wäre?« lächelte mich Paula an, und ihr rundes Gesicht zeigte dabei wieder dieses unergründlich Satte, das mir die Frau allen Annäherungen zum Trotz immer wieder unheimlich machte, wie eine völlig Fremde. »Früher hat man gemalt: ich liebe dieses hier, statt zu malen: hier ist es! ... Aber vergessen Sie eines nicht, Doktor«, und sie kniff mir ein Auge, das mich in die nächste Verwirrung tauchte, »ich bin auch ein Weib, und die Frauen sind, wie Sie ja wohl bestens wissen, alle samt und sonders schrecklich eitel.«

Zunächst wollte ich diese Koketterie natürlich überhören. Im Nachklang aber öffnete sie mir einen ganz neuen Blick. Paula hatte sich auf diesem Bild weiß Gott nicht geschönt. Die schmale Oberlippe war nicht unterschlagen, die volle, hängende Unterlippe ohne Schonung erfaßt. Teigig breit lag das Gesicht in der Fläche. Aber da war auch diese Kette, diese Halskette mit den schwarzen Steinen, pupillengroß. Ich trat einen Schritt von dem Porträt zurück und kniff die Augen zusammen. Bei diesem reduzierten und zugleich geschärften Blick erkannte ich, wie Paula es wohl meinte: dieser Farbdreiklang, diese Steigerung der Brauntöne! Anhebend mit ihrem umbrischen Goldhaar, hingetragen über die nußbraunen, runden Augen, einsinkend dann im Schwarz der Steine um den Hals. Das mußte es sein. Das war es! Ich war froh, ja glücklich – und auch stolz.

»Paula, ich glaube, ich sehe, wie Sie es meinen.« Unsere Oberarme berührten einander leicht vor ihrem Abbild. »Ich sehe es groß, mit jenem Blick vielleicht, mit dem Sie auf der Leinwand schauen, dem reinen Blick, dem Kunstblick. Die große Einfachheit ..., die groß gesehene, vereinfachte Form ...«

In diesem Augenblick künstlerischer Harmonie durfte ich es wohl wagen, mich über Paulas kräftige Hand zu beugen – sie war ganz warm – und sie zu küssen, die Hand, die dieses Werk geschaffen hatte.

»Das gilt ... das gilt Ihrer Kunst«, stotterte ich übermannt von meinen Gefühlen und spürte, wie mir das Blut wieder hoch in die Ohren schoß.

Auch Paula schien doch angerührt zu sein, aber sie versuchte, ihrer hanseatischen Art entsprechend, sich in die Untertreibung zu retten. »Ist ja man nur ein Bild, Doktor«, sagte sie, »kommen Sie, fassen Sie sich.« Doch ihre Stimme war rauh geworden bei diesen Worten. Ganz tief innen strömte eine Freude. Ich hatte Paula getroffen mit meinem Lob.

»Nein, Paula, das wissen Sie so gut wie ich, und besser: dies ist ein Augenblick von hoher Kunst, den Sie uns allen da geschenkt haben, uns Heutigen und unseren Ahnen.«

Noch einmal beugte ich mich über ihre Hand. Dann mußte ich schnell gehen, ohne ein weiteres Wort.

Am nächsten Morgen reichte Paula mir, schon im Mantel auf dem Sprung zur Akademie, das Rilke-Bändchen über den Flur, das ich natürlich bei ihr liegengelassen hatte. Ernst war sie, wie sie sich sonst selten zeigte.

»Wissen Sie, Lieber, daß Sie mir gestern abend mit Ihrem Lob sehr, sehr wohl getan haben?«

Über das Gute. Ein später Aprilnachmittag war es, mit wechselndem Licht: der Himmel von jener porösen graublauen Seide überzogen, an der Paris früher noch erkennbar wird als an seinem Geruch.

Paula holte mich zu einem Spaziergang ab, sie wollte mir Fresken von Delacroix zeigen, in der Kirche Saint Sulpice, nicht weit von unserem Hotel entfernt. Auf ihrem prachtvollen, kastanienbraunen Haar, das sie heute über dem Nacken hochgenommen hatte, trug sie einen Hut, einen kleinen, steifen, fast weißen Herrenhut mit einem dunkleren Schleier, der ihr das Gesicht verdeckte. Ich stehe nicht an, über die Mode der Damenwelt zu urteilen oder gar zu rechten – aber das fand ich doch schade.

Unten im Hausflur lief uns natürlich, ich hatte es befürchtet, Madame Vavin über den Weg.

»Bonjour, Madame, bonjour, M'sieur«, sang sie mit übersüßter Stimme, daß es mir den Kopf in die Schultern hineindrückte. Als ich mich in der Tür flugs umschaute, da sah ich ihn, diesen Blick, mit dem sie uns beide von hinten maß. »Vielsagend, ausgesprochen vielsagend, ihr Blick«, sagte ich zu Paula und hakte mich wie zum Trotz bei ihr ein.

»Ach, lassen Sie sie nur, wie sie ist, unsere werte Dauerschwangere.«

»Dann habe ich also doch richtig gesehen!«

»Nein, durchaus nicht, Doktor, Sie irren sich. Seit ich Madame kenne, seit ein paar Jahren, sieht sie immer so aus, als ob sie morgen ihr Kind erwartet. Einmal bin ich sogar aus Versehen gegen ihren Vorbau gestoßen: nur gute Kost. Sie ist ja auch gar nicht verheiratet.«

»Nicht verheiratet?« blieb ich stehen, »und ich dachte, sie hat mindestens zwölf Kinder in die Welt gesetzt.«

»Nein, sie hat nur einen Galan. Ein älterer Mann, sehr unscheinbar, mit Baskenmütze, die Hälfte höchstens von Madame.«

»Einen Liebhaber, in ihrem Alter?«

»Ach, Doktor, Sie und die Frauen ... Wo haben Sie nur Ihre Sinne? Als Dichter müssen Sie die Augen offen haben für so etwas. Das ist doch unser Stoff!«

Paula lachte und drückte mir den Ellenbogen in die Rippen. Sie machte sich frei von mir und tänzelte auf eine Platane zu, die sie umarmte.

»Mein liebster Baum, hier in Paris jedenfalls, der scheckige Gesell. So viele Häute ... und eine ganze Palette voller Grün, Grün, Grün ... Aber manchmal sehne ich mich schon zurück nach unseren weißen

Birken, daheim im Moor, die feinen Jungfräulein, so fein und traurig ... und Birken haben Pfahlwurzeln ...«

Es war das erste Mal, daß ich bei Tageslicht mit Paula ausging. Ihre Art, sich zu bewegen, fiel mir auf. Sie ging eigentlich gar nicht, sie wallte. Ja, davon rührte es wohl her: sie setzte beim Schritt zunächst die Fußspitze auf. Das gab ihr das Wiegende, Fließende, Weiche, das Wallende eben, obwohl Paula eher mit einem sperrigen Körperbau versehen war, wie es mir trotz ihrer weitfallenden Kleider nicht verborgen geblieben war. Dabei ging sie sehr aufrecht, den Kopf frei und selbstbewußt aus dem Nacken reckend.

Zuerst dachte ich noch, es läge an diesem Gang, daß uns die Leute unterwegs nachschauten. Es dauerte ein paar Sträßchen lang, ehe ich das Ziel ihrer Neugierde ausmachte: Paulas Hut erregte ihre Spottlust, die sich sogar in kleinen Lachern gehen ließ. Um so stolzer hob auch ich jetzt meinen Kopf in die Höhen und schritt feierlich einher neben dieser stattlichen und starken Frauen-Persönlichkeit.

So erreichten wir die Kirche des Heiligen Sulpiz. Vor der griechischen Säulenparade ihrer vergrauten Front hielten wir uns nicht lange auf. Ich machte, bis wir endlich hinten am Chor eine kleine offene Tür gefunden hatten, Paula in meiner gehobenen Laune darauf aufmerksam, daß ich als überzeugter Atheist und ideeller Sozialist sozusagen nur unter Vorbehalt diesen Tempel beträte.

Als sich meine Augen an das Dunkel im Kirchenraum gewöhnt hatten, nahm ich auf den hinteren Bänken einige zusammengesunkene Menschen wahr, eingepackt zwischen Taschen und papiernen Tüten, die in einem Schlummer begriffen schienen: erbämliche Vertreter des Vierten Standes, Bettelleute offenbar. Für sie kannte ich nur kalte Verachtung, denn mein Marat, so wie ich ihn sah und wie ihn auch mein Drama zeigen sollte – Marat hatte für diese da sein hohes Streben darangesetzt und zuletzt das Leben hingeopfert – mit welchem Ergebnis?

Und wo war Paula? Sie stand bei ihnen, beugte sich über einen der Männer, dessen Gesicht ganz in sich selbst hineingestürzt war, und redete sogar mit ihm, wobei sie aus ihrer Handtasche ein paar Münzen kramte, ohne sie vorher nachzuzählen offenbar. Der verkommene Mensch griff gierig, ohne jede Würde nach dem Geld, und als er seinen Lumpenmantel, den viel zu weiten, öffnete, um darin umständlich das Geld zu verstecken, vor den anderen Tagedieben seiner Couleur, da erspähte ich, ich hatte es geahnt, natürlich, da mußte ich ihn sehen: den Flaschenhals!, durch den tagtäglich der Quell seiner Erniedrigung rann, die mich für ihn so tief beschämte.

Paula kam zurückgehüpft zu mir mit einem kindlichen Strahlen auf dem Gesicht.

»Mit denen gehe ich täglich um in Worpswede. Das sind meine Modelle, wissen Sie. Wir wohnen in Worpswede direkt gegenüber dem Armenhaus, und da sind sie gratis zu haben, meine Leutchen. Du mit deinen Worpsweder Hängebäuchen! Damit hat mich mein Vater zeit seines Lebens aufgezogen und getadelt. Vater hat mich mißverstanden wie kein zweiter, aber keiner hat mich so auch geliebt ... Ach, lassen Sie uns doch für einen Moment hier niedersitzen, die Stille dieses Raumes heimelt mich richtig an.«

Paula hing weiter ihren Erinnerungen an zu Hause nach. »All diese Armenkinder dort und Waisen ... es sind die einzigen Menschen, die in Worpswede singen. Sonst hört man Singen nur von Betrunkenen, so wenig liegt der Sang diesen schweren norddeutschen Menschen. Und doch, manchmal ... manchmal, da fehlen sie mir schon inmitten dieser hohlen Mondäne hier. Sehen Sie sich nur meine Bilder an.

Die passen doch gar nicht nach Paris! Grob sind sie, gar nicht zierlich und fein. Wer will hier denn so etwas sehen? Und ich, gehöre ich denn in diese Stadt?... Ein

Haus mit Zentralheizung paßt nicht für mich, übertragen gesprochen. Auf der Deele soll es kalt sein und in der Stube warm, und wer an den Ofen faßt, der soll sich ordentlich brennen. Sehen Sie, Doktor, Leben ist überall. Ich will damit sagen: nur keine Hoftemperatur, keinerlei Schick, denn dann brauche ich auch hohe Absätze und seidene Strümpflein und frou-frou-Röckchen, im Leben wie im Malen. Sollen sie ruhig lachen, diese eleganten Pariser, über mein liebes, weißes Hütlein. Das trifft mich gar nicht.«

»Aber meinen Sie denn nicht auch, Paula, daß es unsere Aufgabe ist, den Entrechteten und Verlorenen die Segnungen einer staatlichen Wohlfahrt zukommen zu lassen?« Es hatte schon seine eigene Komik, wie wir beide da, deutsche Künstler, ohne Mittel fast und vollkommen unbekannt hier wie daheim, im Halbdunkel einer Pariser Kirche saßen, umschwebt vom Duftgemisch aus Weihrauch und Kerzenwachs, und an die seelischen Wurzeln unserer Arbeit rührten.

»Wir wollen doch den friedlichen Genuß der Freiheit und der Gleichheit, die Herrschaft der ewigen Gerechtigkeit. Ihre Gesetze seien nicht in Marmor und nicht in Stein, sondern in die Herzen aller Menschen geschrieben, der Herrschenden zunächst, und dann uns Bürgern, Paula, Ihnen und mir, und auch jenen dort«, wobei ich mit dem Kinn auf die hinteren Kirchenbänke wies. »Ich hoffe, ich habe gerade nicht zitiert. Aber wenn man so viel gelesen hat über eine bessere Welt wie ich in der letzten Zeit, und auch selbst darüber nachgedacht, natürlich, dann kann einem schon leicht das Fremde und das Eigene ineinanderfließen. Aber«, dachte ich diesen Gedanken spontan und eigenhändig weiter, einen Gedanken-, der mir augenblicklich gut gefiel, »warum soll nicht auch das geistige Eigentum dereinst in gemeinen Besitz überführt werden? Wie sehen Sie das, Paula?«

»Ach, Doktor, ich bin kein Theoretiker. Ich male nur Bilder, einfach Bilder, so gut ich eben kann. Mehr nicht. Und es geht ja schließlich schwer genug damit. Seit ich mich mit dem Malen plage, Tag für Tag, so hart – manchmal meine ich, ich müßte zersplittern –, seitdem habe ich kein schlechtes Gewissen mehr und lasse mir auch keines mehr einreden, von keiner Menschheit, von der Familie nicht, nicht mehr von Otto – und auch von Ihnen nicht, mein lieber Doktor.«

Paulas Gesicht, geradeaus auf den Altar gerichtet, war unkenntlich hinter dem dunklen Schleier. Jetzt drehte sie den Kopf zu mir herüber. Ich hörte eine Spur von Trotz in ihrer Stimme, als sie sagte: »Ich bin nur Malerin, und für irgendwen oder irgendwas, denke ich, wird es schon gut sein, was ich mache. Mehr nicht ... Apropos: ich wollte Ihnen doch die Delacroix hier zeigen!« Und war schon aus der Kirchenbank gesprungen.

Mir stand in diesem Augenblick nun überhaupt nicht der Sinn nach Kunst, wo wir endlich einmal auf das sittliche Gebiet vorgedrungen waren. Paula fand ich, weit ins Kreuz gelehnt, im rechten Seitenschiff, vorne, gleich in der ersten Kapelle. Mit der einen Hand hielt sie sich den Schleier weg vom Gesicht, die andere stand abgewinkelt über ihren Augen.

Es war so düster dort, daß sich auf den bemalten Wänden kaum etwas erkennen ließ. Natürlich, christliche Geschichten, wie Paula mir erklärte, was ließ sich anderes erwarten, Jakobs Kampf mit dem Engel, wenn ich nicht irre, wohl auch der Heilige Georg oder Michael am Plafond, aber ich hatte das Christentum für mich ja längst überwunden, und Paulas Begeisterung für den kraftvollen Farbauftrag und ein paar gut gemalte Blütenzweige verstimmte mich eher, als daß sie sich auf mich übertrug. Mit meinem Schweigen gab ich Paula zu verstehen, daß ich nur darauf wartete, bis sie sich satt gesehen habe.

»Die Menschheit wird mit der Großen Französischen Revolution niemals ganz fertig werden«, nahm ich unter dem Kirchenportal ohne Umschweife unseren

Gesprächsfaden wieder auf. Paula blieb stehen zunächst, wie getroffen, und schien die wiedergewonnene Sonnenhelligkeit des Vorplatzes geradezu in sich aufzusaugen, obwohl sie die Augen geschlossen hatte.

»Niemals werden die Menschen den Reichtum an Ideen und Figuren, den sie hervorgebracht hat, ganz ausschöpfen, niemals! Und das war schon damals so, in jenen Jahren, als die Revolution ihren Weg erst halb zurückgelegt hatte.«

»Lassen Sie uns unseren Weg nach Hause über den Luxemburg-Garten nehmen, ja? Die Sonne dieses Tages ist so kostbar, und Sie können mir dabei Schritt für Schritt Ihre Ideen entwickeln.«

»Was Europa und nicht weniger, wie anzumerken ist, auch das junge Amerika damals quälte, das war doch dies: alle waren sie einerseits durch die Heftigkeit und – ja, Gottseidank – auch durch die Hemmungslosigkeit der Großen Revolution aufs tiefste erschreckt, und alle fürchteten sie für ihre hergebrachte Lebensform. Gleichzeitig aber waren sie durch die herrliche Kühnheit der neuen Ideen unwiderstehlich ... verführt waren sie alle und wollten nicht den Weg in die Zukunft verfehlen. Genau das ist nämlich der Punkt, Paula, damals wie heute. Wenn ich es nochmals unterstreichen darf, mit Rot gleichsam: keiner von uns will den Weg in die Zukunft verfehlen. Den einen bangt es vor der Zukunft, damals wie heute, der andere aber«, und hier blieb ich stehen und hob den Zeigefinger, »der andere aber will sie mitgestalten! Das war, mit einem Wort, die zwiespältige Haltung, die die Menschheit gegenüber allen großen Entscheidungen einnimmt, und das ist heute wieder so, genau so, ohne jeden Zweifel.«

Mittlerweile mußten wir schon in den Luxemburg-Garten eingetreten sein, denn ich sah das protzige Schloß aus dem Augenwinkel und wandte den Blick gleich wieder ab von diesem eklen, steingewordenen Monument der Herrscherwillkür.

»Sehen Sie, Paula, es war, wie Dickens sagte, ja Dickens war es, glaube ich, aber ich werde das zu Hause sofort noch einmal überprüfen. Er sagte: es war die schlimmste und die beste Zeit. Alle Leidenschaften waren übersteigert, nie war so geliebt und nie so gehaßt worden. Alle Schicksale wurden auf die Spitze getrieben. Nie vorher hatte man den einzelnen Menschen seinen verschlungenen Pfad so deutlich nach oben zu den Sternen oder – ja, in den Orkus gehen sehen. Alle Daseinsformen nahmen teil an dieser Übersteigerung. Da war das Leben, da war es! Haltloser Lebenshunger verband sich mit stoischer Resignation. Es war die Zeit der schweigsamen Sonderlinge und der – verzeihen Sie, Paula – der prächtig ausstaffierten Dirnen, der Asketen und der Schlemmer. Und die schönsten Lebensformen« – hier mußte ich einhalten, da meine Stimme brechen wollte –, »die schönsten Lebensformen bewiesen sich – auf dem Schafott!«

Paula faßte mich an meinem Ärmel. Ich schreckte auf. »Entschuldigen Sie, lieber Doktor, ich höre Ihnen sehr genau zu. Diese hohe, diese männliche Entflammtheit beim Reden beeindruckt mich, ich hätte sie Ihnen, ehrlich gesagt, fast gar nicht zugetraut. Aber schauen Sie einmal«, und Paula wies mit dem Arm auf das große Wasserbassin vor dem Schloß. An seinem Rand saßen in der Aprilsonne schon Menschen auf den zierlichen Metallstühlen.

»Sehen Sie das Pärchen dort, das sich so lieb schnäbelt, ... da drüben?«

Es dauerte seine Weile, bis ich die beiden ausgemacht hatte. »Das ist eben französischer Frühling! Diese Schnäbelei ist eine andere als unsere deutsche: lachender, weniger sentimental und etwas zerstreut. Es sieht doch so aus, als ob beide Teile schon wieder andere Rendezvous im Sinne hätten, finden Sie nicht auch?«

Nun lag mir nichts ferner, als mich in die Liebestorheiten dieser beiden völlig unbedeutenden Menschen hineinzudenken oder gar hineinzufühlen, aber es fiel mir jetzt doch auf, daß Paula den Hut in der Hand trug, um ihr Haar, das schöne, volle Haar, der Sonne hinzuhalten, die das Gold in allen Tönen spielen ließ. Und leise sprach Paula, es klang wie leichter Sang, dessen Bedeutung sie selbst längst vergessen hatte: »Ich finde es wunderbar, wenn Dinge und Empfindungen über einen kommen und man nicht seinerseits über die Dinge herfällt. Es gibt nicht nur Schlagwörter, es gibt auch – Schlaggefühle. Schlaggefühle ...?« horchte sie, als sei sie aufgewacht in sich hinein. »Empfangen sollst du es, empfangen ...«

Obwohl ich den Zusammenhang ihrer Worte mit der Großen Französischen Revolution nicht recht erkennen konnte, hatte ich doch den Verdacht, daß Paula damit eine Kritik an meinen Ausführungen laut werden lassen wollte. Ich hatte wohl tatsächlich auch etwas zu heftig und zu laut gesprochen zuletzt. Deshalb bemühte ich mich, mit gedämpfter Stimme und entspannterer Sinnesart, Paula wieder etwas näher zu kommen, ohne doch meine Erkenntnisse an ihre reizende Hülle, die ich durchaus wahrnahm, zu verraten.

»Zum ersten Mal, Paula, zum ersten Mal hat eine Zeit sich bewußt einen Stil gegeben, einen Stil, der politisch inspiriert war. Denken Sie an die römische Mode bei den Kleidern, bei den Pendeluhren und Beistelltischchen, in der großen Architektur-, und natürlich, in Ihrem Fach – denken Sie an die Malerei – der große David ...«

»Hat nicht selbst Goethe gesagt«, und Paulas Stimme klang etwas zaghaft dabei, »ich entsinne mich aus der Schulzeit an das Goethe-Wort: Von hier und jetzt geht ein neues Zeitalter los ... Stimmt das nicht, Doktor?«

»... fängt eine neue Epoche an«, verbesserte ich entgegenkommend und ohne jeden Anflug von Moquerie. »Ja, in der Tat, dies sagte Goethe. Er befand sich, wenn ich Ihre Erinnerung ein wenig auffrischen darf, er war im Feldlager, in den Argonnen, den Thermopylen

Frankreichs, als die jungen Freiwilligen unter der Trikolore mit dem Donnerruf ›Es lebe die Nation!‹ die weit überlegenen preußischen Kräfte aufhielten. Diese Tat ist im erhabenen Buch der Geschichte als die Kanonade von Valmy dem menschlichen Gedächtnis anheimgegeben, und damals, wie gesagt, Goethe erkannte weitsichtig den Genius der Stunde: ›Von hier und heute geht eine neue Epoche der Weltgeschichte aus, und ihr könnt sagen, ihr seid dabeigewesen!‹ Und wenn ich jetzt von mir selber sprechen darf, in aller Bescheidenheit: meine historischen Studien sind der Versuch – und am Ende steht hoffentlich ein gelungenes Theaterstück vor aller Augen –, meine derzeitigen Studien sind der Versuch, noch einmal dabeigewesen zu sein, wenn auch nur – ja – auf den Schwingen der Imagination ...«

»Das haben Sie fein bemerkt, Doktor«, lobte Paula mich. Jetzt war sie es, die sich mit einem herzhaften Schwung bei mir einhakte, daß ich beinahe den Stand verlor. Jedenfalls riß sie mich zur Seite und damit aus den Gedanken, die unaufhörlich aus mir weiterströmen wollten.

»So! Und jetzt gehen wir einen schönen Kakao zusammen trinken irgendwo, n'est-ce pas?«

»Ich ziehe denn doch ein Gläschen Rotwein vor, wenn Sie gestatten, Paula.«

Im Paradies. Lärm im Stiegenhaus, fremder Lärm. Schritte, schwer. Aha, ein Mann. Langsam, Stufe für Stufe – aufwärts: etwas wird getragen, eine Last. Pause. Angekommen. Wo? Klopfen nebenan. Eine tief verbrummelte Stimme, französisch, fragend. Hell Paula, fröhlich: »Mais oui, c'est juste ici!« Ein Möbelrücken dann, merkwürdiges Schwappen, das Stimmenduo – hell und dunkel. Paulas Lachen. Die Türe geht, die Männerschritte verlieren sich stufenweise. Wieder Ruhe.

Ich war in meinem ersten Dienst-Abschnitt begriffen, als dieses arbeitsschädigende Geschehen über mich hereinbrach. Marat verblich, war nicht mehr zu bannen ... jetzt kamen sogar schon Franzosen zu ihr! Nichts hielt mich mehr über meinen Büchern.

Paula war aufgelöst vor Glück. Mit weit ausgestreckten Armen segelte sie durch das Atelier. Mehrere Strähnen hatten sich aus der weich gesteckten Frisur befreit und flatterten ihr ins Gesicht – wie Schlangenhaar?

Dann erst sah ich es, ihr Glück: ein Teppich, ein großer, bunter Teppich unter ihren tanzenden Füßen. Paula hatte sich einen Teppich gekauft!

»Ich bin im Himmelreich«, jubilierte sie, »für einen ganzen Tag! Wieviel Uhr ist es gerade? Sehen Sie nur, Doktor! Haben Sie schon einmal solche Farben gesehen, zusammen, meine ich: in einem Stück?« Und flog wieder über den Teppich, der fast den ganzen Atelierboden bedeckte. Selbst die Staffelei war an die Wand gerückt. Nur Teppich war der helle Raum um sie.

Jetzt schritt Paula langsam die kostbare Fläche aus, hob das Kleid ein wenig an dabei über die Knöchel. Wieder ihr gerader, hoher Gang, das Wallen. Unwillkürlich mußte ich an alte Bilder denken von Prinzessinnen, denen die Hofzeremonie Gesetze der Haltung vorschreibt, getragenes Gehen.

»Ein Tag nur, aber ihn will ich genießen!« Paula setzte sich mitten auf den Teppich, rittlings, und fuhr mit ihren Händen zärtlich über das Gewebe, wieder und wieder. »Einem ernsten Mann wie Ihnen bin ich wohl eine Erklärung schuldig, nicht wahr, Doktor?« Immer noch glühten ihre Wangen. Die Haare blies sie sich ganz unhöfisch aus den Augen.

»Für einen Tag hab ich mir einen Traum erfüllt. Träume sind immer nur für kurz. Das ist ja das Kostbare an ihnen.«

Paula erzählte mir von ihrem Königinnen-Sitz aus, wie sie gestern dieses gute Stück hier – und zärtelte es mit der flachen Hand dabei – wie sie es gewonnen habe, gestern, in der weltbekannten Maison Druet, der ersten

Adresse für exklusivste Webarbeit, und das nicht nur in Paris. In ein Fauteuil von Chintz habe sie sich auf das fürstlichste hingelagert – so ..., so wie jetzt, nur noch viel vornehmer –, wie eine reiche Russin habe sie stundenlang Gobelins begutachtet, und Teppiche, aus der Renaissance, dem Barock, selbst gotische, glaube sie. Hei, wie die Lakaien um sie herumgesprungen seien: je älter die Ware wurde, die sie ausrollten vor ihr, desto tiefer der Bückling! Bei den Preisen sei es ihr schwindelig geworden, aber hinter ihren gesenkten Lidern sei kein Flackern gewesen, auf Ehrenwort. Und dann habe sie mit einer müden Gebärde, ohne die Lippen zu bewegen beinahe, auf dieses Wunderwerk hier gewiesen und es sich zur Ansicht bestellt, und morgen, aber morgen erst, nach einem ganzen Tag und einer ganzen Nacht, erst morgen gebe sie den Teppich zurück, da er – und sie brauche noch nicht einmal zu lügen dabei –, da er nun einmal leider nicht zu ihren Möbeln passe.

Innerlich mußte ich natürlich den Kopf schütteln über diesen dummen Jung-Mädchen-Streich, aber ich war doch auch gerührt, wie ich Paula da mit Wollust inmitten dieser teuren Farben schwelgen sah. Und es regte sich der Demokrat in mir. Er votierte dafür, daß Paula dieses kostbare Stück – wenn es denn schon Luxus geben mußte auf dieser Welt –, daß es viel eher Paula zukam dann als irgendeiner bourgeoisen Advokaten-Gattin oder gewissen kobaltblauen Duchessen ...

»Sehen Sie nur: das Violett hier ...«, und Paula fuhr mit dem Zeigefinger langsam eine blumenhafte Schlinge ab, vor und zurück, zurück und vor. »Wie Veilchen. Aber ein Veilchen aus Tausendundeiner Nacht. Mein Orient! Einen Tag lang darf ich Scheherazade sein.« Unablässig spielten ihre Hände mit den Farben und Formen, auf denen sie wie ein aufgeregtes Aschenputtel thronte, den braven Lehrerinnen-Kragen um den geröteten Hals.

»Ich habe manchmal an mein Grab gedacht«, sagte sie beiseite, »und wie ich es mir anders denke als andere

Gräber. Es muß gar keinen Hügel haben. Es soll ein viereckiges, längliches Beet sein, mit weißen Nelken umpflanzt. Da, hier, sehen Sie, Doktor, genau dieses weiße, reine Weiß hier. Und darum läuft ein kleiner, sanfter Kiesweg, der wieder mit Nelken eingefaßt ist – so, so, da! –, und dann kommt ein Holzgestell, still und anspruchslos, es soll die Wucht der Rosen tragen, die mein Grab umgeben. Und vorne, im Gitter, da sei ein Türlein gelassen, durch das die Menschen zu mir kommen, und hinten sei ein stilles Bänkchen, auf dem sich die Menschen zu mir hinsetzen, so wie ich jetzt, hier. Auf dem Grab stehen vielleicht zu meinen Häupten zwei kleine Wacholder – Machandel ..., Machandel –, und in der Mitte eine kleine schwarze Holztafel mit meinem Namen. Nur mit meinem Namen: ohne Datum, ohne Worte. Ohne alles. So soll es sein«, träumte Paula vor sich hin, als habe sie den fremden Zuhörer in ihrer dürftigen Pariser Mansarde ganz vergessen.

»Ach ja, daß da eine Schale stünde, in die man mir frische Blumen setzt, das wollte ich wohl auch.«

»Liebe Paula«, brachte ich mich mit sanfter Stimme wieder in Erinnerung. Es wunderte mich, daß das Bild, das Paula von ihrem Grab malte und das ja nun einmal auch ihren Tod voraussetzte, so gar nicht schreckte: wie ein schönes fernes Märchen hatte es mir geklungen. »Und wo denken Sie sich dieses Grab, liebe Paula? In Worpswede? Hier?«

»In Worpswede«, antwortete sie sofort und ganz überzeugt. »Aber nein, warten Sie, warum denn nicht hier? Rosenrot reiner Widerspruch ... Warum nicht hier, in der Fremde? ... Wo ist die Fremde mehr?«

Paula war aufgestanden und schritt, die Hände auf dem Rücken und leicht vorgebeugt, damit ihr keine der Farben entgehen konnte, schritt federnd den Teppich in immer enger werdenden Kreisen ab, bis sie in der Mitte stand und auf einem Bein, wie Mädchen beim Kästchenspringen »Himmel und Hölle«, mit einem Hüpfschritt die Mitte verließ und die Wanderung wieder zur Peripherie ihres Glücks antrat.

»Ich hatte neulich einen Traum. Ihre Frage, Doktor, holt ihn mir wieder herauf. Also: ich war umgezogen, in eine neue Wohnung. Sie ist noch nicht eingerichtet, halbfertig irgendwie. Es ist ein einfaches, weißes Haus, ebenerdig, die Zimmer gehen ineinander, ohne Türen. Ein Bauernhaus vielleicht. Das Haus liegt am Ortsrand von Paris. Aber Paris ist ein Dorf, ja, ein richtiges kleines Dorf. Das Haus liegt also am Dorfrand, ganz für sich, an einer Landstraße. Worpswede ist nicht weit. Es gibt nur diese Landstraße zwischen Paris und Worpswede. Wenn ich mich auf die Zehen stelle – so, sehen Sie, Doktor, so! –, dann kann ich es sehen am Ende der Straße. Es ist so nah. Eigentlich, denke ich mir, eigentlich könnte ich ja weiter in Worpswede einkaufen gehen, von Paris aus, und meine Birken besuchen, und meine armseligen Hängebäuche. Die alten Geschäfte, der mufflige Krämer Melloh, die bekannten Gesichter. Ja, ich sollte meine Besorgungen eigentlich weiter in Worpswede tätigen, denke ich mir, und mit diesem Gedanken bin ich dann aufgewacht. Und wissen Sie, was mich danach am meisten überraschte? Es war überhaupt keine Sehnsucht in mir am Morgen nach diesem Traum. Es war alles so leicht um mich hier, und hell, und ohne Traurigkeit. Keine Sehnsucht zog mich zurück und keine Erwartung nach vorne. Ich war einfach da, in dieser Malerklause hier. Nüchtern war's in mir, und klar und frei: eigentlich könnte ich überall hingehen, wohin ich wollte, mit meiner Staffelei, sagte ich mir. Und sterben auch. Das Malen ging mir so gut von der Hand an diesem Vormittag!«

»Ich beneide Sie um Ihre schönen Träume, Paula. Wenn Sie vom Tod erzählen, klingt das gar nicht schaurig, so einfach und so selbstverständlich hört es sich an, als gehörte der Tod ins Leben.«

»Stimmt das denn nicht, Doktor? Vielleicht hat Sie die Guillotinenzeit, in der Sie bevorzugt leben, doch ein wenig verdorben. Mir ist der Tod von Jugend auf vertraut, als Freund. Ich weiß und ich wußte es schon immer: ich werde nicht lange leben.«

»Paula!« rief ich erschrocken und stand auf, »das dürfen Sie nicht sagen, nicht einmal denken dürfen Sie so etwas! ... In Ihrem Alter! ... Es gibt einige Leute, denen Sie sehr viel bedeuten, und nicht nur Ihre Bilder. Sie selbst, Paula!« Ich mußte es vermeiden, in ihre Augen zu schauen dabei, und verstreute meine Blicke auf ihrem wieder blaß gewordenen Gesicht. Denn schließlich war sie ja noch Otto Modersohns rechtmäßig angetraute Ehefrau.

»Und warum nicht? Ist das denn so traurig? Ist ein Fest schöner, weil es länger dauert? Oder ein Traum? Oder der Teppich hier? Soll ich ihn für ein ganzes langes Leben behalten wollen, bis meine Sinne stumpf werden und ich seine Farben nicht mehr sehe? Mein Leben ist ein Fest, ein kurzes, intensives Fest. Meine Sinneswahrnehmungen, denke ich mir manchmal, mein Schauen, Riechen, Hören, Spüren – vielleicht ist es deshalb feiner, weil ich in den wenigen Jahren, die mir bleiben, alles, alles aufnehmen sollte? Und sagen Sie selbst, Doktor, Sie sind selbst Künstler. Wenn ich drei gute Bilder gemalt habe: warum soll ich denn dann nicht gerne scheiden von hier mit Blumen in den Händen und im Haar, so, wie diese hier«, und ihr Fuß fuhr ein paar Bögen des Gewebes ab. »Ja, und morgen früh, da kommt der französische Sensenmann von Druet und holt das alles, alles wieder ab ...«

Was ist das nur für eine Frau? dachte ich auf meinen Wegen durch den Luxemburg-Garten. Es lag eine Traurigkeit auf mir für den Rest des Tages, die mich doch auch auf eine eigenartige Weise wärmte. Da war ein Schmerz zum Tode hin und war auch eine Lust zu leben, eine leise, gierige Lust, die beim Gehen meinen ganzen Körper überströmte. Erst abends, mit Hilfe des guten Roten, faßte ich mich wieder. Das Blaue Buch aber bekam diesen Tag bis tief in die Nacht hinein auf das heftigste zu spüren.

Lektüre. Da sind sie wieder auf den Boulevards, als habe es die Große Revolution nie gegeben mit ihren Idealen der Gleichheit und der Einfachheit, die jungen Leute von Familie: in übertriebener Eleganz stolzieren sie einher und belästigen wegblickend das Publikum, wenn es nicht geneigt ist, ihre Spazierstöcke, ihre modischen Beinkleider und Jacken, ihr ganzes falsches Gehabe zu bewundern. Aber ich bin nicht länger gesonnen, mich davon einschüchtern zu lassen. Aufrechten Ganges behaupte ich mich unter ihnen und trage stolz das Geheimnis meiner geistigen Überlegenheit als ein Lächeln auf den Lippen. Und steht der Kopf so fest und frei im Nacken, sieht man auch mehr um sich herum.

Heute habe ich zum ersten Mal das Katholische Institut genauer in den Blick genommen, auf dessen Mauerwerk hinaus mein Fenster geht. Unten, von der Straßenseite, wirkt es bedrohlich, und, wohlgemerkt, ich rede jetzt nur von dem Bau und nicht von den verhängnisvoll überständigen Gedanken, die innerhalb des Gemäuers immer noch verhandelt werden. Über den sandhellen Quaderschichten ragt steil der Schieferkasten des Daches blankblau in den Aprilhimmel hinein, wie ein Raubfisch im Meer, so gefährlich metallen. Und die Laterne davor an der Ecke zur Rue de Vaugirard: von trübem Weiß das Glas, rund wie ein Tropfen Milch, der nicht weiß, ob er fallen will. O fiele er nur! Er wäre meines Beifalls sicher. Und einen grauschopfigen Maler fand ich heute am Seine-Quai, auf der Höhe der Ile St. Louis. Unter Ausrufen der Verzweiflung wollte er das Fluß-Ufer fassen: fassen! Schonend sah ich gar nicht hin auf sein Werk. Ich kenne dieses Stadium schmerzenden Wachstums nur zu gut und weiß deshalb Rücksicht zu schenken.

Nach diesem beglückend reichen Ausgang heute habe ich abends bei meinem Roten beschlossen, in den kommenden Tagen, zur Lockerung der Hand, meinen Fensterblick zu beschreiben, als ein kleines, zartes Stilleben.

Meine Quellenstudien waren mittlerweile so weit gediehen, daß es mir geraten schien, als nächstes eine Inhaltsübersicht des angehäuften Materials in meinem Braunen Buch zu fertigen. Dies freilich erforderte ein hohes Maß an geistiger Zurückgenommenheit, damit mir später, bei der dramatischen Umsetzung meines Marat-Stoffes, die rechten Stellen zur rechten Zeit zuhanden seien und ich die Schätze, die ich in den Wochen meines Pariser Aufenthaltes angesammelt hatte, auch mühelos würde heben können

Doch damit wollte ich mir noch etwas Zeit lassen, und so hatte ich, halb zur Erfrischung, halb um Paula zu genügen, die schmale Schrift des Rainer Maria Rilke mir vorgenommen, seine Beobachtungen über Worpswede.

Mit gezückter Korrektur-Füllfeder aus meinen Mainzer Tagen las ich das Büchlein. Ich war durchaus aufgelegt, den Dichter im Tempel der deutschen Sprache streng zu observieren und ihm keine grammatikalische Absonderlichkeit als dichterische Lizenz etwa durchgehen zu lassen, nur weil er ein Bekannter Paulas war.

Die ersten Seiten las ich gewissermaßen noch mit mahlenden Kinnladen. Doch dann – ich will es nicht verhehlen, daß die Lektüre mich beim zweiten Durchgang doch auch ein ganz klein wenig beeindruckt hat. Zwar erinnerte mich der überladen dahinpoetisierende Stil an mein eigenes Frühwerk, das ich mit den »Monologen über das Glück« abgeschlossen und überwunden habe. Aber Rilke waren doch auch ein paar Passagen gelungen, die mir das Wesen dieses Moordorfes, in dem Paula gelebt und gelitten hatte, bildhaft vor Augen führten ... und überall ist das Meer. Das Meer, das nicht mehr ist, das einmal vor Jahrtausenden hier stieg und fiel und dessen Düne der Sandberg war, auf dem Worpswede liegt. Die Dinge können es nicht vergessen. Das große Rauschen, das die alten Föhren des Berges erfüllt, scheint sein Rauschen zu sein und der Wind, der breite mächtige Wind, bringt seinen Duft. Das Meer ist die Historie dieses Landes. Es hat kaum eine andere Vergangenheit ... Wenn ich auch in diesem kurzen Abschnitt zumindest ein Komma schmerzlich vermißte, so ist dem Autor ansonsten doch ein geschmeidiger Umgang mit unserer deutschen Muttersprache nicht ohne weiteres abzusprechen. Und manche seiner Beobachtungen sind durchaus fein und schön, so wenn Rilke über die Torfbauern bemerkt, etwas von der Traurigkeit und Heimatlosigkeit ihrer Väter liege über ihnen, der Väter, die, als sie auswanderten, ein Leben verließen, um in dem schwarzen schwankenden Land ein neues zu beginnen, von dem sie nicht wußten, wie es enden sollte. Es gibt keine Familienähnlichkeit unter diesen Leuten. Alle haben nur ein Gesicht: das harte, gespannte Gesicht der Arbeit, dessen Haut sich bei allen Anstrengungen ausgedehnt hat, so daß sie im Alter dem Gesicht zu groß geworden ist wie ein langegetragener Handschuh ... Nun ja, also: Handschuh ...

Immerhin, ich will gestehen: Wort für Wort übertrug ich diese Sätze in mein Blaues Buch, wenn auch mit einem gewichtigen Fragezeichen versehen, denn dieser Blick, mit dem Rilke Menschen neben die Dinge stellt, ja unter sie, ausdrücklich, wie er sie, bei großherzigem Umgang mit den Komma-Gesetzen unserer deutschen Muttersprache, auf das mitleidloseste verdinglicht – das geht mir zutiefst contre cœur, wenn ich so sagen darf, wobei ich mich nicht so sehr als Dichter denn als Mensch errege. Freilich: diese Dinge sind groß gesehen bei Rilke, gleichsam kosmisch, eine Sicht, die selbst mein Marat in der Badewanne teilen könnte, bevor ihn der Todesstrahl aus Frauenhand darniederstreckt: es ist nichts unmöglich in diesem Land. Und auch das Unwahrscheinliche empfängt von der Fülle der Himmel die Gegenständlichkeit und Wahrhaftigkeit wirklicher

Dinge. Diese Himmel enden mit jenem Kreis, an dem die Gestirne sich halten und der Regen, ehe sie niederfallen; aber sie beginnen hier, unter uns. Sie ruhen auf jedem Blatt, sie liegen auf den Haaren und in den Händen der Kinder, sie stützen sich nachdenklich auf alle Dinge ...

Nicht schlecht gesprochen für Marat, will es mir scheinen. Doch hart daneben stehen wieder Bilder, die bei aller kollegialen Zurückhaltung als mißlungen zu bezeichnen ich nicht umhinkomme. Bei dem Wort vom »frühlinglichen Empfinden«, um nur ein Beispiel zu geben, sträubte sich mir nachgerade das wieder gewachsene Nackenhaar. Ich blätterte zurück in den eigenen Notizen, bis ich dort meine Wendung von der »Frühlingsvergeudung« fand. Mein Herz sprang himmelwärts dabei. Mag über beide Bilder ein zukünftiger Leser vergleichend richten. Ich bin sehr ruhig in diesem Punkt.

Geradezu maßlos jedoch war meine Enttäuschung, kein Sterbenswort über Paulas Malerei in jener Schrift zu finden, und auch der Abschnitt über Otto Modersohn ließ meine Neugier auf den Gatten Paulas vollkommen ungesättigt. Mit allzu viel Sympathie hatte Rilkes Blick nicht auf Modersohn geruht. Wie aber auch, wenn man seiner Gattin das Buch hernach »Zum Zeichen eines Grüßens und Sehnens« gewidmet in die Hände legen wollte? Was wohl wird Herr Modersohn bei diesem intimen Anruf empfunden haben, der ja schon einen unbeteiligten Leser wie mich betroffen machen könnte? Ich wüßte es mir leidlich auszumalen, aber ich schweige lieber still mit ritterlicher Schonung. Jedenfalls schienen mir zwischen diesen drei Menschen geheime seelische Kräfte am Werk zu sein, die einem kühlen Kunsturteil nicht eben förderlich waren, von anderem gar nicht zu reden. Am Nachmittag paßte ich Paula ab, als sie das Atelier zu ihrem Zeichenkurs verließ. So konnte ich ihr das Seiden-Buch zurückgeben, ohne mich auf ein Urteil einlassen zu müssen. Immerhin, ich trug ihr auf, mich bei Gelegenheit einmal mit dem Autor bekannt zu machen, der ja häufig genug seine Nachmittage bei ihr verbringe.

Frau Becker gab mir einen verwirrend langen Blick mit zurück in meine Kammer.

Die Prophezeiung. Ich schreibe, ja, es ist wahr: ich schreibe! Was ist geschehen?! Wenig genug. Ich setzte mich an meinen Schreibtisch, den ich von allen Büchern gereinigt hatte, saß da mit meiner guten Pfeife, ganz in mir, schaute aus dem Fenster und vertraute meinem Blauen Buch nur einfach an, was die Augen sahen: Drüben sind die Klosterbäume, oben; unten eine alte Gartenmauer, auf der nur leider Plakate sind: ein Nubier, der die Zähne zeigt, was Schuhwichse bedeutet, daneben Beethoven und Berlioz, Les Artistes Indépendants in verwaschenem Gelb, ›Bernot, fin de Saison, Rabais considérable‹ auf Schwarz, und Blau auf Dunkelgrau: das ›Palace Hotel‹ in Luzern. Aber darüber ist ein alter runder Mauerrand, überwölbt, an der äußersten Kante, die immer rasch trocknet, ganz hell gedörrt von der Sonne, weiterhin in der Rundung, dunkelgrau, stellenweise etwas grün überzogen, ganz lebendig, voll Einfluß. Und noch darüber die Kastanien, große, alte, die schon kleine Hände haben, und drüber, immer noch drüber, etwas links, ein Stück Kirchenschiff, mastlos in den Himmel hineingerammt wie ein Wrack in die See: St. Joseph des Carmes, die ehemalige Klosterkirche, in der die Septembermorde stattfanden, 1792. Die Gräber der Schlachtopfer noch immer in der Krypta. Und drüber und dahinter und rechts und links: Paris, das helle, das seidene, das ein für allemal in seine Himmel und seine Wasser, bis in das Herz seiner Blumen hinein verblichen ist in der zu starken Sonne seiner unbedankten Revolutionäre. Aber nicht mehr ferne ist der Tag vielleicht, an dem alle Nubier dieser Erde herab von den Plakaten steigen. Hier setzte ich den Punkt, fürs erste, und fühlte mich: ich fühlte mich stark. Immer wieder habe ich diese Zeilen, meine Zeilen überlesen seither. Sie hielten auch am nächsten Morgen und den Tag darauf noch meinem Urteil stand.

Jetzt darf ich sagen: Wohlan, Marat, ich bin gerüstet!

Ein Begegnen. Genau weiß ich es gar nicht mehr zu sagen. Wie von einem tiefen Schatten ist mir das Geschehen dieses Nachmittags verdunkelt.

War es Paula gewesen, die mich herüber bat, hatte ich aus eigenen Stücken bei ihr angeklopft, nachdem ich seine Stimme wieder klingen hörte? Ich erinnere mich nicht. Auf das bestimmteste aber kann ich sagen, daß ich gesonnen war, Rilke für das kritische Vergnügen, das mir die Lektüre seines Büchleins bereitet hatte, zu danken – durchaus nicht überschwenglich, aber doch mit kollegialem Respekt, in männlich zurückgenommener Haltung. Der Eindruck jedoch, den ich von diesem Mann empfing, war dann so verwirrend, ich spürte auf den ersten Blick eine derart heftige Abneigung, daß sie sich sofort meinem Magen mitteilte, dem sichersten Gradmesser bei stärkeren Gefühlsausschlägen.

Wie er da saß, fast lag, zurückgelehnt in die Kissen auf jenem Sofa, das sonst mir vorbehalten war, mit übergeschlagenem Bein, den rechten Arm auf das künstlichste abgewinkelt, um sich vor der schmalen ägyptischen Zigarette in seiner Hand zu schützen, hingebettet wie ein leberleidender k. u. k. Rittmeister ungarischen Geblütes, mit seinem Tatarenbart, erschöpft und doch auch herrscherlich, wie er mich anschaute unter so schweren Lidern, als habe er in der Nacht zuvor am Roulettetisch seinen Adelsbrief verspielt, zu müde, den Kopf zu heben mir zum angemessenen Gruß, mit einem durchaus ungesunden, gelblichen Teint, eine Zimmerlinde reinsten Wuchses – ich stand getroffen vor diesem Mann. Erst jetzt war er kurz aufgestanden und reichte mir beiläufig die Hand.

Paula nahm ich gar nicht recht wahr in diesen Augenblicken, von denen ich jetzt noch meine: sie haben ewig gewährt. Sie stand, glaube ich, irgendwo neben der Staffelei, in ihrem üblichen langen, dunkelgrauen Kleid. Aus ihrem Mund jedenfalls hörte ich den Namen »Doktor Anderland« und wachte kurz auf mit einem heißen Entsetzen wegen dieses angemaßten Titels. Aber Rilke gab mir keine Gelegenheit, mich zu diesem heiklen Punkt, den mir Paulas albernes Verwirrspiel mit meinem Namen eingetragen hatte, zu erklären. »Wenn ich hier über das Hausrecht geböte«, tönte es vom Sofa herüber, so leise und so scharf gesprochen, als sollte jede Silbe umgehend in Stein gemeißelt sein, »wenn ich hier über das Hausrecht geböte, nähme ich mir durchaus die Freiheit, Sie aufzufordern: Aber nehmen Sie doch bitte Platz, Herr Doktor Anderland!«

Nun bin ich als Dramatiker hellhörig genug für den bürgerlichen Verkehrston, um aus diesen ineinandergeschraubten Konjunktiven sehr wohl Rilkes Ungeduld herauszuhören, dieses ›Warum setzt er sich denn nicht endlich, der Tropf, wenn er uns schon stören kommt‹ ...

»Ich danke recht sehr«, hörte ich mich sagen von weither und schaute mich folgsam nach einer Sitzgelegenheit um. Mir blieb nur der kleine, steife Sessel übrig mit seinem Wackelfuß. Er war mit häßlich zerschlissenem Brokat überzogen und so eng gebaut, daß er nur einen stockgeraden Sitz erlaubte. Wenn meine Finger den aufgebrochenen Stoff berührten mit seinen heraussstehenden Goldfäden, rieselte es mir kalt den Rücken hinab. So preßte ich meine schweißnassen und doch wie erfrorenen Hände flach auf die Oberschenkel.

»Ich habe mich bei Ihnen für den Genuß zu bedanken, Herr Rilke, den mir Ihre ..., Ihr Werk in den letzten Tagen ...« Mit ausgestreckter Zigarettenhand gebot Rilke mir zu schweigen. Oder klopfte er nur die Asche ab? Dabei fiel mir die dunkelgraue Gamasche auf unter dem etwas helleren Hosenbein, das unverschämt in den Raum hineinragte. Das Jackett war durch das zügellose Lagern des Mannes so an den Rand geraten, daß man fast nur die hochgeknöpfte, dunkelrote Weste sah und wohl auch sehen sollte. Und Teufel, ja: aus der linken Brusttasche hing auch noch ein Kreuz heraus, ein silbernes Kreuz, von ausgerechnet romanischer Form. Wer mochte ihm das verliehen haben? Am Ende er sich doch wohl selbst.

Paula saß jetzt auch, mir halb im Rücken. Sie hatte sich einen Stuhl neben die Staffelei gezogen. Ihre Augen wanderten zwischen uns beiden und Rilkes Porträt genau an ihrer Seite. Maskenhafte Starre sah ich mit einem knappen Schweifen, in rötlichen-violetten und seidengrauen Tönen gehalten, noch schrecklicher anzuschauen als das lebende Urbild auf dem Sofa, dieser Mund, wie der Mund eines Toten ... So ein Porträt hätte ich mir nicht gefallen lassen wollen. Und dieser eitle Geck da vor mir, warum ...

Es war ein Schweigen in dem Raum, ein ungutes Schweigen, das auf meine Schläfen drückte und mir den Kopf aushöhlte. »Frau Becker hat mir mitgeteilt, das durfte sie doch, nicht wahr?, sie hat mir unterbreitet, daß Sie im Begriffe stehen, ein Drama über Jean-Paul Marat zu verfassen?« fragte Rilke jetzt mit einem Unterton, als könne das ja wohl kaum seine Richtigkeit haben. Durch ein Nachvorneklappen meines Rumpfes, der in dem Sessel eingezwängt war, bestätigte ich ihn wortlos. Mir war unbehaglicher denn je zumute.

»Korrigieren Sie mich bitte unversehens, wenn ich in die Irre gehen sollte, Herr Doktor Anderland: Sie sind ja eingeweiht auf diesem Felde, während ich nur mehr aus einem allgemeinen Interesse ...«

Wieder sprach Rilke mit dieser unterkühlten Stimme, die gleichwohl jedes Wort mit gestochener Klarheit setzte, als wollte jedes Wort sein eigener Körper sein. Und dabei betrachtete er die Fingernägel der nach innen geklappten Rechten, die vordem die Zigarette gehalten hatte: so als bespräche er seine Hände.

»Entschuldigen Sie, Doktor Anderland, ist Marat nicht jener mit Krätze geschlagene Tierarzt, häßlich wie das Unglück, ein Demagoge, der den proletarischen Ton zu treffen wußte, der sich der Sprache der Gosse versah? Ein wohltönender Habenichts, immerhin, nicht wahr? Hinreißend, doch, das muß man sagen: seine Macht gründete sich auf nichts als auf die Macht seiner vulgären Sprache ...«

So ähnlich äußerte er sich wohl, der wohltönende Dichter, und geruhte, sich an dieser Stelle ein Lächeln zu gestatten, das mich offenbar vernichten sollte. Er redete weiter in diesem verantwortungslos unkundigen Ton. Schon das Wort »Krätze« war mir mitten ins Herz gestrahlt. Ich glaubte zu sehen, wie Rilke mit Basiliskenblick dabei hinter meinen Bartschmuck spähte.

Wie von einer Keule vor den Kopf geschlagen, saß ich da in meinem Sesselchen, zum rechten Winkel verkrümmt. Es wimmerte in meinem Kopf. Kein Gedanke wollte aus dem Nebel treten, diesen Hohlredner zu zerschmettern.

»L'ami ... l'ami du peuple haben sie ihn doch genannt, Freund des Volkes, David war es, Ihr Kollege David, Paula«, wandte ich mich, weinend fast, zu Paula hin als dem vertrauteren Menschen in diesem eisig gewordenen Raum. »Sie dürfen nicht ... Sie wollen doch bitte ... Sie ... ich, ich meine ...« Mit einem höhnischeren Schweigen waren wohl noch nie die Argumente eines Mannes weggelächelt worden wie jetzt die meinen. Wieder Stille. Wieder dieser Blick des Laffen auf seine polierten Fingernägel und – o wie beredt! – zu Paula hin, die nubierhaften Wulstlippen über dem gespaltenen wächsernen Kinn zu der grausamsten Grimasse verzogen, die sich denken läßt.

Paula trat an mich heran mit einer Tasse Kakao. In zitternden Händen brannte mir die Tasse mit dem eklen

Getränk, das ich gleichwohl wie eine Medizin zum Tode in mich hineintrank, um einem weiteren Gespräch mit diesem Feind des Volkes und Menschenverächter überhoben zu sein ... wohltönender Habenichts ... mit Krätze geschlagener Tierarzt ... Sprache der Gosse ... so raste es durch meinen Kopf. Und: Du mußt gehen jetzt, sofort!

Ich stand auf. Immerhin erhob sich auch Rilke aus dem Sofa, richtete selbstverliebt seinen Anzug, trat an mich heran und deklamierte in dieser hochbedeutenden Art, die er seinen sämtlichen Verlautbarungen schuldig zu sein glaubte: »Es hat mich sehr gefreut, Sie kennengelernt haben zu dürfen, Herr Doktor Anderland. Das Plaudern mit Ihnen war überaus anregend für mich.«

Ich nahm Haltung an und hielt dabei die Hände auf dem Rücken verschränkt, dem Handschlag mit diesem Menschen zu entgehen. Doch um mich ein letztes Mal zu entmannen, hielt er mir nun erst recht seine schmale Hand von Alabaster hin, daß ich ihr huldige. Mit einer knappen Verbeugung aus der Hüfte heraus, sehr korrekt, neigte ich mich über sie und verabschiedete mich mit einem »Jawoll! Ganz meinerseits.«

Marats Rache. Nach dieser Demütigung war ich genötigt, mich an meinem guten Roten aufzurichten, mit dem ich mich gottlob zuletzt wieder reichlich eingedeckt hatte. Die Empörung über diesen Ignoranten füllte mich ganz aus, daß sich mein Blut eng in den Schläfen staute.

»Anderland, keine Schwäche!« Ich mußte mich zur Ruhe zwingen mit jenen Worten, die Danton unterm Schafott zugleich mit seinem fallenden Kopf dem Buch der Geschichte übergab. Mein Marat ein Mann des Pöbels! Und das aus dem Mund dieses äffisch nachgemachten Aristokraten mit seinem Talmi-Kreuzchen! O einsamer Marat! Du Gottgeschlagener, in Kerkern und

Kellern schmachtend, in drückender Armut, unter den Flüchen der Herrschenden: Dir weihe ich dies Glas, Marat! ... Gewiß, ein durchaus heikler Mann, mein Marat, aber auf welcher Seite er steht – das duldet keinen Zweifel, damals nicht und erst recht nicht heute, Herr von Rilke! Unverwundbar in seinen Idealen, gewinnt der Freund des Volkes an Gewicht, je mehr das ihm befreundete Volk emporkommt in jenen seligen Zeiten damals. Jetzt kein Geschrei mehr der Bourgeoisie, o nein!, wenn er anfängt zu reden, der zornige Mann aus Freundlichkeit: eher gelegentlicher Beifall, Aufmunterung sogar, die Zuversicht erzeugt: Du stehst nicht allein, Marat! ... Und dann, ja, die Dummheit dieser Girondisten! Stellen ihn wegen seiner feuerspeienden Artikel unter Anklage. Doch welch ein Triumph für uns! Er schlägt zurück, Marat, er stellt den Gegenantrag, die Girondisten für ›verrückt‹ zu erklären. Köstlich, köstlich! Für ›verrückt‹! Jawohl, das ist die Sprache, mit der man ihnen allenfalls beikommen kann, diesen Herren, die Sprache der Gosse, wie Sie es zu nennen belieben, Herr von Rilke, meinetwegen, prost!, die Sprache der Entrechteten jedenfalls und der Gedemütigten. Ja, und als er dann von der Tribüne heruntersteigt, der herrliche Mann, da ruft er, und ich liebe dich dafür, Marat, gerade jetzt, in dieser Frühjahrsdämmerstunde: ›Diese Schweine!‹ rufst du, jawohl: ›Diese Schweine!‹ Wortwörtlich so. Sie haben richtig gehört, Herr von Rilke! Auch dieser Schluck auf Dich, Marat! Ja, er hat durchaus eine rauhe, eine schneidende Zunge. Und er trägt auch keine weinroten Westen mit irgendwelchen feudalen Symbolen daran. (Verzeihst du mir, mein Wein? Vom Rot der Kardinäle trägt jener da das Wams!) Tief ist Marats Verachtung für alles, was äußerlich fein ist, für das Glattzüngige, falsch Beredte, die noble Engherzigkeit. Und Menschen sind für ihn auch keine Handschuhe, sondern Menschen eben, aus Fleisch und Blut, wie du und ich. Und ihn wolltet ihr, ihr Girondisten, eurem scharfen Schwert unterstellen? O dieser wundermilde Wein! Wie er mir jetzt die Zunge löst! Hast Du auch von ihm gekostet, Marat, der Du nur wenige Schritte von mir, einen Steinwurf fast, lebtest und starbst? Aber dann, an einem späten Nachmittag, April wie jetzt: Welcher Tumult, welch ein gewaltiger Jubelschrei! Marat kehrt von dem Revolutionstribunal zurück. Über eine Woche lang Todesgefahr, und dann der Freispruch – Triumph! Das Revolutionstribunal kann keinen Makel an dem Mann entdecken, auch keine Krätze, Sie ..., Sie ..., Sie ... Und lauter Jubel bricht aus unter den besten Patrioten, und ich jubele mit euch: alles drängt sich zu Marat, man umarmt ihn, hebt ihn auf einen Sessel, ohne Brokat, hoffe ich, trägt ihn schulterhoch durch die Straßen, durch diese Straßen hier! Mit Eichenlaub bekränzt, so geht der wiederhergestellte Freund des Volkes durch ein wogendes, tosendes Meer von roten Mützen und Carmagnolejacken, von Grenadierhelmen und Weibernachthauben, jawohl: auch sie, die Frauen! Er ist an seinem Gipfel angelangt. Jetzt reicht er mit seinem erhabenen Scheitel bis an die Sterne. Was? Über sie hinaus ... in Fernen ... Einmal nur, und ist genug für alle Ewigkeit!

Diese Szene, die ich mehrmals vor meinem begeisterten Auge ablaufen ließ – sie sollte ja den Höhepunkt meines dritten Aktes bilden –, dieser herrliche Triumph in meinem Kopf und die geistige Kraft des Weines hatten mich wieder geheilt. Wild schlug das Glück über mir zusammen, und doch war ich auch milder geworden. Den Gedanken, Herrn Rilke zu einem Duell zu fordern, hatte ich längst verworfen – aus Größe der Gesinnung. Als überzeugter Demokrat wollte ich mich dieses anrüchig gewordenen Rechtsmittels nicht mehr bedienen müssen, zumal mir auch nicht recht klar war, ob man gleichsam rückwirkend die Fehde noch eröffnen konnte. Immerhin, Marat durfte ich auch so für gerächt erachten, seine Ehre war wiederhergestellt durch mich.

Ich hatte mittlerweile auf meine stille Reserve, die hinter dem Schrank verborgene zweite Flasche, zurückgegriffen, aber mein Kopf arbeitete immer noch klar, erleuchteter und rücksichtsloser als je bei schlichtem Tageslicht. In weitem, freiem Schwingen dachte es in mir. So fiel mein Denken jetzt auf Adam Luchs, den armen, unseligen deutschen Poeten. Ihn liebte ich, in ihm erkannte ich mich wieder, auch wenn er auf der falschen Seite der Geschichte stand in diesen herrlichen Tagen des Blutes. Hatte ein Pamphlet verfaßt auf Charlotte Corday, die Meuchlerin, in dem er ihre Tat verteidigte, die meinen Marat unter die Sterne versetzte. Und als sie dann den fast verrückten Mann, seit drei Wochen hast du keine Nahrung mehr zu dir genommen, armer Adam, als ihn die Schergen unter das Beil führten, da springt er aufs Schafott und ruft, daß er mit Freuden sterbe – für sie, immer wieder für sie! Respekt vor deinem hohen Sterben, ich verneige mich – hoppla! – vor dir, Adam Luchs, auch wenn du irrtest. Du hattest Größe, wahre Größe, die andere mit schönen, glattpolierten, leise hingesäuselten Worten für sich erschleichen wollen.

Als ich ihn feierte, meinen Adam, mit dem nächsten Glas, da wurde mir die schmerzlich-schöne Gewißheit zuteil, daß ich sie liebe, diese wundervolle Frau. Mein Schwur! Nie will ich's mehr vergessen, daß ich dich liebe, Paula! Niemals! Das wäre Verrat an uns, und außerdem ... Dann weckte mich eine innere Bedrängnis, und ich hatte, schon etwas wankenden Schrittes, einen unaufschiebbaren Gang zu tun. Leider zog ich an der falschen Schnur danach, so daß das Oberlichtfenster herunterstürzte und mich um ein Haar erschlagen hätte. Wenn doch dieser andere an meiner Statt guillotiniert worden wäre ...

Wie durch Nebel. So niedergeschlagen, so hilflos hatte ich Paula noch nicht gesehen. Eingesunken saß sie auf dem Sofa. Die Blässe ihres Gesichts wirkte in dem blendend hellen Vormittagslicht des Ateliers krank. Tief verschattet die Augen. Waren sie nicht auch gerötet?

Ich blieb stehen in der Tür, zögerte. Gestern hatten wir doch noch ... Dann erst fiel er mir auf, der Brief in ihrer Hand, blaugraues Briefpapier, kraftlos hielt sie es in der Hand, wendete sich ab davon, wollte den Brief nicht sehen und konnte sich doch auch nicht trennen von ihm.

»Ach, Sie sind's, Doktor.« Paula schaute hoch zu mir. Ihr Blick war trübe. Sie schien wirklich geweint zu haben. »Warum läßt er mich nicht endlich in Frieden meinen Weg gehen? Als wäre es nicht schwer genug, auch so ...«

Paula ordnete ihre Haare über den Ohren und gab sich auf dem Sofa wieder Haltung. »Wenn Ottos Briefe zu mir kommen ..., sie sind wie eine Stimme von der Erde, und ich, ich selbst bin dann wie eine, die gestorben ist und in seligen Gefilden weilt und diesen Erdenschrei hört: armer, armer Otto! Und das weiß er genau. Damit rechnet er doch, mit meinem weichen, wankenden Frauenherzen. Und dabei ... eigentlich blicke ich zu ihm zurück wie durch Nebel, wie ... wie in ein anderes Leben ...«

Ich setzte mich, nach einem Zögern, zu Paula auf das Sofa, weit genug entfernt und doch auch so nah, daß ich ihre kalten Hände halten konnte. Jetzt hatte Paula die Sorge eines Menschen nötig. Und ließ sich – das Herz schlug mir am Hals dabei – meine Nähe gefallen.

»Werde ich denn nie Ruhe bekommen? Läßt man mich denn nie in Frieden?« Paulas Oberkörper zitterte leicht, aber ihr Gesicht blieb verschlossen. Es gab keine Regung preis. Nur diese durchscheinende Blässe konnte sie nicht löschen.

»Erdrückt mich mit unseren Erinnerungen, malt mir die Weiden aus, das Moor im Frühling, die kleine Elsbeth, beteuert immer wieder, daß alles, alles anders werde. Keine öden Winter mehr in Worpswede. Alle

Freiheiten will er mir lassen, selbst Paris soll ich haben, wenn ich nur zu ihm zurückkomme. Alle Freiheiten – zu seinen Bedingungen. Und weiß doch, daß ich es nicht mehr kann.« Paula entzog mir ihre Hände, um wieder den Sitz ihrer Haare zu prüfen. Auch das umbrische Gold schien heute nicht strahlen zu wollen. »Warum gibt er mir für alle seine vielen Freiheiten nicht die Freiheit, diese eine Freiheit nur?« sagte Paula leise, wie zu sich selbst, um sich dann jäh aufzurichten, daß ich zurückfuhr: »Ich kann es Ihnen genau sagen, warum, Doktor: weil er die Freiheit, die ich meine, für sich überhaupt nicht kennt. Mit seinen vierzig Jahren hat er alles, kennt er alles, weiß er alles ...«

Paula mußte sich Bewegung verschaffen, so erregt war sie jetzt. Lief durch den Raum, mit zornig stampfenden Walle-Schritten. »Weil er die Freiheit nicht kennt. Genau das ist der Punkt. In diesem Punkt, da können wir nicht zusammenkommen. Und dieser Punkt ist mir im Augenblick das wichtigste. Punkt!«

Paulas heftiges Gehen zog meinen Blick auf die Staffelei. Ein massiger lässiger Frauenakt, liegend, zur Seite, weit ausschwingende Beckenlinie, eng an Bauch und Brust gedrängt ein Kind, ein Säugling, der Kopf zwischen den Armen der Mutter geborgen. Wie zwei mächtige Lehmtiere lagen sie da, Gesicht an Gesicht, ein Atem, angeschwollen von einer Kreatürlichkeit, das Mutter-Kind-Geschöpf, die Feier der Erde auf weißem Laken.

Paula fing meinen Blick kurz auf, aber sie ließ das Bild an seiner Stelle stehen. Um sie zu schonen und auch, weil mich das Sujet in seiner prangenden Nacktheit ein wenig genierte, wandte ich mich sichtbar davon ab.

»Und ich will jetzt auch gar kein Kind von ihm haben. Gerade jetzt nicht. Ich bin am Malen, riesig am Malen, es geht mir von der Hand wie selten, wie noch nie vielleicht. Ich brauche kein Kind jetzt. Was ich brauche, ist einzig und allein innerer Friede und Ruhe zur Arbeit: Ruhe und sonst nichts! Ist das denn wirklich zu viel verlangt?«

Das war so drohend gesprochen, daß selbst ich, als gänzlich Unbeteiligter, zusammenfuhr. Paulas Niedergeschlagenheit hatte sich in Wut verwandelt, in eine verzweifelte Wut, und auch in Trotz. Vorsprang ihr Kopf aus angespanntem Nacken bei ihrem Wallen durch das Atelier. Vogelhaft lauernd sah sie jetzt aus mit ihrer langen Nase. Die schmale, verzogene Oberlippe vergrub bitter fast ihren Mund: die böse Lehrerin. Herb und hart war ihr Gesicht geworden. Leicht um ein Jahrzehnt schien sie mir gealtert in dieser Stunde.

Mir war es peinlich, sie in diesem Zustand sehen zu müssen, peinlich vor allem für Paula. Daß mich der Zustand ihrer Ehe mit Otto Modersohn ermutigen konnte, diese stille, wärmende Freude war in mir, aber ich ließ sie mir selbstverständlich nicht durchgehen. Ernst blieb mein Gesicht und kameradschaftlich kummervoll. Wer hatte es gesagt, das Wort, das mir in diesem Moment einfiel, ich weiß genau, auf welcher Seite meines Blauen Buches es steht, ich sehe es vor mir: Allzulange war im Weibe ein Sklave und ein Tyrann versteckt. Deshalb ist das Weib noch nicht der Freundschaft fähig. Es kennt nur die Liebe, und, wie ich hinzufügen muß, nach diesem Ausbruch Paulas, dessen zufälliger Zeuge ich gerade geworden war: es kennt auch den Haß.

Um mich aus meiner Verängstigung zu reißen und auch, weil ich Paula ablenken wollte von der Not ihres zehrenden Rechtens und Richtens, brachte ich jetzt meine Geburtstagseinladung vor. Am ersten Mai, in wenigen Tagen, wurde ich vierzig Jahre alt. Ich wollte Paula bitten, mir an diesem Tag den Nachmittag und auch den Abend zu schenken. Zerstreut eher gab sie ihre Zusage. Immerhin. Aber ich würde sie wohl noch einmal in einer ruhigeren Stunde daran erinnern müssen.

Die englische Jacke. Der Regen läßt den Flieder aufblühen und duften. Amseln singen den nassen Frühling wach. Unverblümt (kann man das sagen?), kaltschnäuzig jedenfalls recken die Kastanien ihre Dolden in das Grau des Tags – so sah und so empfand ich es an diesem ersten Mai in Paris. Ich hatte meine Diensteinheit verkürzt und flanierte in der Mittagsstunde durch den Luxemburg-Garten. Inmitten all des frühen Grüns ragte ein antiker weiblicher Torso auf, stumpfgrau wie der Himmel, der sich über seine Einsamkeit spannte. Nie zuvor hatte ich ihn wahrgenommen hier an dieser Stelle. Noch im Gehen schrieb ich meine Beobachtungen nieder und deklamierte sie auf den Parkwegen leise vor mich hin. Sie hielten stand, und so beschloß ich, sie Charlotte Corday in den Mund zu legen in jener ländlichen Szene in Caen, bevor die junge Frau dann nach Paris aufbricht. Diese Worte waren mein Geburtstagsgeschenk an sie, und ich war zweimal beschenkt damit.

Dieser erste Mai ist ein Geburtstag, den ich mit umso größerer Feierlichkeit begehe, als er ein selbstverliehener Ehrentag ist. Eigentlich an einem 29. Februar geboren, war ich schon seit längerem nicht mehr gesonnen gewesen, mir durch den Unstern über meiner Geburt das Bürgerrecht eines jährlichen Geburtstags verkürzen zu lassen. So hatte ich als Tag meiner Wahl den ersten Mai zu dem wahren Geburtsdatum erhoben, nicht zuletzt, um allen arbeitenden Menschen dieser Erde meine Reverenz zu erweisen. Auch in den Schaltjahren, wenn ich mich zwischen zwei Geburtstagen zu entscheiden hatte, zog ich den ersten Mai vor. Heute konnte ich mich an diesem Tag ganz einer heiteren Ruhe überlassen, die auch durch den Regen nicht gemindert wurde, denn ich hatte bereits alle Festvorbereitungen getroffen.

Seit Wochen schon war es beschlossene Sache, mein nächstes Lebensjahrzehnt, das fünfte, in einer neuen Jacke zu begrüßen. Die graugewürfelte Strickjacke mit ihren aufgesetzten Lederflecken an den Ellenbogen, die ich sowohl im Hause wie auch zum Ausgehen unter meinem gelben Herbstpaletot zu tragen hatte, wollte mir schon lange nicht mehr gefallen, wie mich überhaupt seit einiger Zeit der Verdacht beschlich, ich sollte mehr Sorge für meine äußere Erscheinung tragen.

Die morgendlichen Kniebeugen, mit denen ich am offenen Fenster, sommers wie winters, meinen Dienst eröffnete, hatte ich von einem Tag auf den anderen, vor kurzem erst, verdoppelt. So kostenfrei war die Aufbesserung der äußeren Hülle leider nicht zu erringen. Und doch war ich bereit, auf erste Qualität zu achten bei dem Erwerb der neuen Jacke. Sie sollte wieder in der Wohnung als auch außer Haus zu tragen sein durch alle Jahreszeiten und mich, wenn möglich, durch das ganze neue Lebensdezennium hindurch begleiten. Zwar mied ich die teuren Häuser zu Seiten der großen Boulevards, aber in einer ihrer Nebenstraßen und durchaus noch im Dunstkreis des Exklusiven fand ich endlich einen Ausstatter, der meinen Ansprüchen genügen konnte. Bei ihm hatte ich mir eine Jacke ausgesucht und reservieren lassen und dann die Wahl erst einmal mehrere Nächte überschlafen.

Seit gestern also ist sie mein! Ein prachtvolles Stück, eine Zierde der gehobenen Schneiderkunst. Sie ist aus sehr durablem Tuch gefertigt, jenem gelblichgrün und braun durchwirkten englischen Tweed. Über dem tiefgesetzten Schoß wird sie – ein kühner Griff, wie er wohl nur dem englischen Couturier zu Gebote steht – von einem eingenähten Gürtel gerafft. Das gibt der Jacke neben der eleganten Note zusätzlich noch einen Schwung ins Sportive, eine Meinung, in der mich der Maître des Hauses ausdrücklich bestätigen konnte. Überaus praktisch sind die vier aufgesetzten Taschen vorne, mit breiten Klappen. So findet meine Uhr aus väterlichem Erbe in der rechten oberen Tasche ihren sicheren Platz.

Auf eine Weste tat ich aus sehr bestimmtem Grund heraus Verzicht, und ein Plastron besaß ich bereits. Luise hatte es mir zu meinem letzten Geburtstag geschenkt, nebst einer Nadel. Sie wollte mich, wie ich noch heute argwöhne, zurück in meine bürgerliche Laufbahn drängen. Undurchschaubar waltendes Schicksal! Jetzt soll dieses Plastron, das ich noch nie getragen habe, jetzt soll es hierin Paris meine Erscheinung als Künstler vor der Welt erhöhen. Blau und braun und grün und gelb ist es gezeichnet in jenem Paisley-Muster, das man bei uns zu Hause wohl »türkisch« nennt.

Ich hatte das Plastron eigens mitgenommen zu dem Kauftermin und legte es vor dem Maître zur Probe an. Mit einem Lächeln unbestimmter Herkunft, das ich dann aber doch eher als ein Placet deutete, ließ er es mir durchgehen.

So konnte ich rundum zufrieden sein und bin es jetzt auch noch, obwohl diese Ausgabe meinen Aufenthalt hier in Paris durchaus um ein paar Wochen verkürzen kann. Aber alles auf der Welt hat seinen Preis. Ich hatte es nicht erst in Paris, hier aber besonders schmerzlich erfahren müssen, daß sich auch die klügsten Frauen von der Aufmachung eines Mannes nicht gänzlich unbeeindruckt zeigen. Und selbst die erhabensten und tiefsten Gedanken, die sich einem Dichter leise auf die Stirne legen, sie können nicht hinreichen, zum Beispiel eine Malerin zu einem Porträt anzuregen, wenn ihr das farbliche Ambiente unergiebig scheint.

Blaue Stunde. Lange prüfte ich mich im Spiegel. Frisch geschnitten, um meine Hauptverwüstungen zu mildern, lag mir das Haar am Kopf, der Bart war gestutzt von meinem Barbier. Sofort hatte auch er mich wiedererkannt. Ich darf wohl sagen: wir sind Freunde jetzt.

Luises Plastron zeigte auf das pünktlichste sich in den etwas beengend hochstehenden Hemdkragen hineingebunden, wenn mir seine Farbenvielfalt nun doch vielleicht ein wenig Unruhe zu stiften schien in dem Gesamtbild. Die Jacke aber, diese neue Jacke – bis oben zugeknöpft und ohne jeden Makel: so stand ich da vor mir – und war bewegt. Die Freude eines Kindes vor der Festbescherung war in mir und doch auch eine große Bangnis – als hätte ich gleich vor ein Examinatorium zu treten.

Im letzten Augenblick widerstand ich dann doch nicht länger. Die Hand, sie bebte, mit der ich die versilberte Krawattenmadel, die, wenn auch nur von ferne, an die Krümmung eines Bischofsstabes erinnern mochte, an das Revers des Tweed versetzte, da sie im Plastron beinahe unterging. An ihrem neuen Ort wirkte sie sofort bedeutend. Mehrere Male blies ich vor dem Spiegel die Backen auf. Dann war es soweit. Ich eilte zu Paula.

Mir war jämmerlich zumute. Auf einer Hand balancierte ich das Tablett mit den acht Petits fours, und die Flasche Pastis hielt ich unterm Arm gezwängt. Zwei Türen waren zu bewältigen. Das Blut pochte mir in den Ohren, als wollte es hinaus. Ich glühte, und eiskalt lief es mir über den Rücken. So stand ich vor Paula.

Und sie lachte nur, lachte lauthals, lachte mir in die Augen hinein, als Einladung mitzulachen. Doch worüber?

»Aber Sie haben Ihren äußeren Adam ja gewaltig umgemodelt«, lobte Paula mich und hielt sich drei Finger auf den Mund, wie sie mich von allen Seiten begutachtete.

»Wie ein richtiger englischer Landlord ..., Sir Änderländ ... sehr niedlich.«

Ich hatte meine Lasten abgestellt und fühlte mich jetzt freier. »Sie meinen ... Sie finden mich ...?« lächelte ich selig. Das Rot auf meinem Gesicht, ich spürte es, das Rieseln, es war das Blut des Glücks, das mir aus dem Herzen stieg. Paula lehnte sich ins Kreuz und kniff prüfend ihre Augen zusammen.

»Ihre Farben ..., sie könnten mich direkt reizen ...«

»Ja, meinen Sie?« fiel ich ihr ins Wort. »Wirklich?«

»Aber Doktor, Sie wissen doch«, ernüchterte sie mich mit einem fachsimpelnden Ton, »man soll nie Farben malen wollen. So direkt, meine ich. Verhältnisse soll man malen. Nur weg von diesem Impressionismus. Der muß überwunden werden. Endlich, es ist hohe Zeit dafür.«

Noch enttäuscht darüber, daß ich meinen Ehrgeiz auf dem Altar eines ästhetischen Stilwandels sollte opfern müssen, überfiel Paula mich mit einem Kuß auf die Stirn, so zart, so weich, so ohne alle Maßen köstlich, daß ich erschauerte. »An Ihrem Geburtstag darf ich's Ihnen sagen: Sie sind ein ganz, ganz lieber Mensch, Doktor. Wissen Sie das? Doch, es tut mir richtig wohl, Sie neben mir zu wissen ... als Nachbarn.«

Vor Rührung mußte ich mit den Tränen kämpfen, aber Paula packte meine Hand und riß mich förmlich hin zum Tisch: »Nun schauen Sie aber! Das ist für Sie. Und mein liebster Wunsch dazu an diesem Tag, daß Ihnen Ihr großes Werk gelingen soll!«

Paula hatte das Atelier aufgeräumt und festlich hergerichtet. Ich stand vor einem Geburtstagstisch, wie ich ihn so herrlich seit frühen Kindheitstagen nicht mehr erleben durfte. Mehrere Kerzen brannten. Das weiße Tischtuch war sogar gestärkt. Aus einer schönen, schmalen Silbervase ragten sechs Rosenknospen, jetzt, am ersten Mai! Wo sie die wohl aufgetrieben hatte zu dieser Jahreszeit? Es waren gelbe Rosen, bis auf eine. Die war rot. Tief rot.

»Für jedes Jahrzehnt eine«, klärte mich Paula auf.

»Und die rote?« war ich so kühn zu fragen.

»Daß Sie sich etwas ganz Liebes wünschen dürfen ...«

An die Vase war eine Zeichnung gelehnt, eine Bleistiftzeichnung, gerahmt mit einem ockerbraunen Passepartout. Ein Pferdelastzug, dreispännig, von einem kleinen Mann geführt, schwarz schraffiert die Halfter und die Decken auf dem Rücken, daß ich die Mühsal der

Tiere spüren konnte. »Ein Moment der Anstrengung, der Arbeit«, erkannte ich, wie ich die Zeichnung vorsichtig in den Fingern hielt, um sie nicht zu verletzen.

»Ja, es soll Sie stärken, wenn Sie verzweifeln an Ihrer Aufgabe, wenn Sie meinen, es sei zu schwer für Sie, Sie schaffen es nicht. Dann werfen Sie einen kurzen Blick auf meine Skizze. So habe ich es mir jedenfalls gedacht für Sie ... Es ist doch so, lieber Doktor: Die Freuden, diese überwältigend schönen Stunden, sie kommen in der Kunst, ohne daß die anderen es merken. Und mit den traurigen geht es ebenso. Darum lebt man in der Kunst doch immer ganz allein.«

Während ihrer Worte las ich die Widmung, in locker geführter lateinischer Schrift, ebenfalls mit Bleistift: »Dem lieben Nachbarn Anderland, Wand an Wand, von Paula Becker. Paris, den 1. Mai 1906.«

»Wie soll ich Ihnen das nur je danken können, Paula ...« Mehr kam mir jetzt nicht über die Lippen.

»Ach, kommen Sie, Doktor, nicht so feierlich. Jetzt machen wir zwei uns so einen richtig schönen Kindergeburtstag, was?«

Wir aßen von den Petits fours, die ich, um Paula zu erfreuen, nach den Farben ihres Selbstporträts mit Irisblüten ausgesucht hatte. Ob sie es wohl bemerkte? Paula trank wie üblich ihren Kakao, ich hielt mich an den verdünnten Anis und stopfte mir ein Pfeifchen.

Wir ließen es uns wirklich gut sein in dieser Stunde, wir sagten nichts, während wir aßen, genossen still, ich sehr weit vornübergebeugt, um meine Jacke nicht zu beschmutzen. Nur manchmal blitzten wir uns an mit einem Grinsen, so wie Kinder, die im sicheren Versteck gemeinsam etwas aushecken, unerreichbar für die Nachstellungen der Erwachsenen.

Paula sah ganz reizend heute aus. Statt ihrer langen, dunklen Kleider, in denen sie, hochgeschlossen, manchmal sogar ein wenig altjüngferlich wirken konnte, weit über ihre Jahre hinaus, trug sie zu meiner Feier und mir zu Ehren ein Jackenkleid in hellem Blau. Die dunkleren Bordüren der Jacke trafen sich tief unten in einem Schmuckstein: ein großer, sechseckig geschnittener Bernstein als Echo ihres Haares, dieses traumhaft schweren Haares. Das Kleid schloß gerade über der Brust ab und ließ so endlich einmal die zarten Halslinien Paulas sehen, die ich gerne streichelte mit meinen Augen. Wie zerbrechlich sie wirkten unter einer milchweißen Haut. Worüber wir redeten? Es war Paula, die, den Kakaobecher zwischen beiden Händen drehend, über den Geburtstag an sich zu philosophieren begann. Sie fand es widersinnig, sagte sie, daß die Kinder, die an der Geburt doch nur den geringeren Part übernähmen und diesen auch noch ohne jedes nennenswerte Bewußtsein absolvierten, daß die Kinder also für ihre Geburt ein Leben lang gefeiert würden, nicht aber die Mütter, die Gebärenden, die ganz und gar, mit Leib und Seele und hart am Tod, in Lust und Schmerz, in Schmerz vor allem, die wahrhaft Handelnden seien, Priester und Opfer des menschlichen Mysteriums in einem.

»Die Mütter sollte man ehren an diesem Tag, nicht diese dummen Würmchen und was aus ihnen dann wird, Sie verstehen schon richtig, Doktor, wie ich das meine. Dieses ›Du sollst Vater und Mutter ehren‹ aus der Bibel, das kommt mir wie eine lächerliche Pflichtübung vor, sie wird diesem Akt, der Geburt, doch nicht im entferntesten gerecht. Der Frauen Teil, scheint mir, ist das Leiden und das Schweigen, seit Alters her, das wortlose Leiden, und vielleicht schämt sich das Geborene hernach sogar für seine Anfänge, für diesen schmierigen Ursprung aus Blut und Kot und Tränen.«

»Inter faeces et urinas nascimur«, steuerte ich akkurat das klassische Zitat bei, das Paula in ihrer kleinen Rage wohl gerade nicht zu Gebote stand.

»Ja, Vater und Mutter ehren«, spottete Paula und stellte ihre Tasse mit Aplomb auf den Tisch. »Den Vater zuerst, natürlich, wie immer. Und wofür? Was hat er beigesteuert! Lächerlich doch, diese schlichte Samengabe, im höchsten Maße lächerlich. Wissen Sie, woran mich das erinnert, Doktor?« Ich konnte nicht im mindesten ahnen, was ihr zu diesem heiklen Punkt noch alles einfiel, und so versteckte ich mich hinter meinem irisblauen Petit four.

»An einen Mückenstich, jawohl! Nichts weiter. Das ist der Beitrag des Mannes an der ganzen Geschichte. Ein Mückenstich. Pieks! Dauert gerade ein paar Sekunden. Mehr leistet er nicht, der gottvolle Mann, bei der Erhaltung unserer Gattung.«

Über diese harmlose Wendung ihres Gedankens war ich recht erleichtert. Ich nahm meine Pfeife wieder auf. Auch der Anis erfreute mich jetzt sehr.

»Meine Mutter in Bremen hat mir neulich, an meinem dreißigsten Geburtstag, an ihrem dreißigsten Ehrentag, treffender gesagt, da hat sie mir die Umstände meiner Geburt erzählt, in Dresden damals. Draußen war ein Unwetter gewesen, die Elbe ging mit Eis und brachte Hochwasser vom Gebirge herunter, Regenstürze wechselten ab mit Schneestürmen. Ein rechter Hexensabbat muß geherrscht haben an diesem Februartag. Mein Vater, er war Ingenieur bei der Eisenbahn damals, der Gute, wissen Sie, Doktor, mein Vater mußte die Tage und Nächte draußen verbringen, bei angestrengtester Arbeit, wie meine Mutter das vor sich und vor mir entschuldigte, er hatte keine Zeit, sich um seine Frau zu kümmern. Väter haben nie Zeit in diesen Augenblicken. Sie haben draußen immer gerade die dringendsten Arbeiten zu erledigen, diese armen Männer. Wahrscheinlich hat er sich das Unwetter herbeigewünscht. Aber das sage nur ich, die ungeratene Tochter. Meine Mutter würde nie so denken. Jedenfalls: die neuerbauten Dämme seiner Eisenbahn begannen an der Elbe zu rutschen, und Millionen standen auf dem Spiel und seine Ehre als Ingenieur. Natürlich, die Ehre eines Mannes. Das hat immer Vorrang. Was zählt daneben das Gebären einer

Frau? Dafür hat man ja schließlich Hebammen und Wartefrauen, die der Ehemann bezahlt von den Früchten seiner heldenhaften Arbeit draußen.

Nun muß diese Wartefrau in Dresden, wie meine Mutter erzählt, allerdings von der unpraktischsten Sorte gewesen sein, eine dicke, tolpatschige Alte. Ich war schon auf der Welt, lag an der Brust meiner Mutter. Und was tat da die Alte? Sich um die Mutter kümmern? O nicht doch, keineswegs! Ihr gelüstete nach einem Kaffee! Und wie sie sich den Kaffee wärmt, das Trampel, überfüllt sie die Spritflasche, und mächtig lodert die Flamme auf. Die Alte pustet und schreit kläglich ›O Jemmersch, o Jemmersch‹. Und nun raten Sie, Doktor, was sie dann tut. Richtig. Sie raten es nie. Sie bringt doch tatsächlich das brennende Teebrett ans Bett meiner Mutter, damit sie es löscht. Und die Mutter packt sich das Ding und wirft es mit allem, so wie es ist, in die Toilette. Danach bekam sie natürlich Fieber und eine schlimme Brust und mußte geschnitten werden und hat ein halbes Jahr gebraucht, bis sie wieder leidlich bei Kräften war. Unter diesen Umständen also habe ich das Licht der Welt erblickt, wie es so schön harmlos heißt. Jetzt wissen Sie es, Doktor!«

Paulas temperamentvoller Vortrag hatte ihren Hals und das Gesicht gerötet. Abgerückt vom Tisch saß sie, mit übergeschlagenem Bein, und schaute kampfeslustig zu mir herüber, obwohl ich mir ja doch noch keineswegs das Vergehen einer Vaterschaft auf die Schultern geladen habe und wenigstens in diesem Punkt meine männliche Unschuld ohne Fehl und Tadel da steht. Auch fand ich ihre Erzählung von der eigenen Geburt eher komisch, traute mich aber doch nicht so recht, ein Lachen zu zeigen. Sinnend zog ich an meiner Pfeife.

»Ja, ja, ihr allzeit unschuldigen Männer, mit eurer dringenden Arbeit und mit eurer Ehre!« nickte mir Paula versöhnlich zu. »Hüllt euch nur schweigend hinter euren Tabakswolken ein ... Oder nehmen Sie eine andere Geschichte. Man hat sie mir in Worpswede erzählt. Sie werden herzhaft darüber lachen können, und das sollen Sie auch ruhig. Denn es ist eine wahre Geschichte. Kommt jemand im Moor zu einem Bauernhaus und will den Bauern sprechen. Die Frau steht am Fenster und sagt: ›He hett sick een beten henleggt. Wi hebbt en beten unruhige Nacht had.‹ Haben Sie verstanden, Doktor? So redet man bei uns in Worpswede. Ja? Und wissen Sie was: dieselbe Frau hatte nachts ihr Kind bekommen.«

Jetzt konnten wir beide zusammen lachen. Paula warf ihren Kopf nach hinten und lachte dermaßen heftig mit dem ganzen Oberkörper, daß ich im Gaumen ihr Zäpfchen tanzen sehen konnte. Ich weiß nicht, warum mir gerade jetzt die Erinnerung an diese Begegnung kam, an die Begegnung mit einer Frau meines Alters, eine entfernte Bekannte, noch in Deutschland, kurz bevor ich dann nach Paris aufbrach. »Erzählen Sie, Doktor, erzählen Sie aus Ihrem reichen Leben. Es ist doch hoffentlich auch zum Lachen, oder?« forderte Paula mich auf.

»Ja, doch, vielleicht, ich bin nicht ganz sicher. Es geht nämlich um einen Todesfall. Wie gesagt, die Bekannte trifft mich auf der Straße und teilt mir mit, daß ihre Mutter gestorben sei. Einfach so auf der Straße sagt sie mir das, ›in einem gesegneten Alter‹ sei sie gewesen, und ihre Stimme klingt schon weidlich getröstet.

›Und wie alt war Ihre Frau Mutter, wenn ich fragen darf?‹ frage ich beklommen. ›Ende sechzig‹, sagt die Frau, wortwörtlich: ›Ende sechzig.‹ Und sprudelt weiter in ihrer, ja ich muß wohl sagen, in ihrer platten Dummheit: sie sei an einem Schlag gestorben, »wie wir es ihr gewünscht haben.«

›Als sie dann da lag, Mutter‹, so weiter diese Bekannte, ›da war ein Friede auf ihrem Gesicht, daß wir dachten, sie müsse gleich aufstehen und sich wieder bewegen.‹ Und weiter, immer wörtlich, die Worte haben sich mir eingebrannt: ›Ach, unsere gemeinsamen Kaffee-Nachmittage mit ihr waren immer so gemütlich. Am meisten leid ist es mir um meinen Konrad. Wie liebte er seine Oma so herzig!‹ Wie ich Ihnen schon sagte, kenne ich diese Frau nur flüchtig, und ich würde mich auch entschieden für einen friedlichen Zeitgenossen halten. Aber ich muß Ihnen gestehen, Paula: als ich diese Frau so ..., wie soll man das bezeichnen? ... so ... verantwortungslos über den Tod sprechen hörte, so ohne jeden Respekt, da hätte ich ihr am liebsten meine Faust ins Gesicht geschlagen.«

Ich erschrak selbst bei dieser Vorstellung, aber meine damalige Empörung hatte mich jetzt wieder ganz frisch erfaßt. »Diese ..., diese ungeheuere Verbürgerlichung des Todes, sein Weg-Reden in den verbrauchtesten Floskeln, besinnungslos dahingesagt, als müsse sie sich schämen vor mir, diese Frau, daß ihr ein Mensch gestorben sei. Als wolle sie sich und mir den Schmerz verwehren vor diesem Tod. Als handele es sich bei diesem Tod um eine mißratene Tee-Gesellschaft oder um ... um ... ja, einen gestauchten Knöchel auf einem Waldspaziergang. Der Tod war hinter diesen schrecklich einordnenden Worten verschwunden, war weg, ja, wenn Sie mir das Wort gestatten: verhunzt war er, ganz und gar verhunzt.«

Sogar die Pfeife war mir kalt geworden.

»Und als ich dieser Frau beim Abschied dann sagte, daß ich in diesen Tagen an sie denken wolle, da schaute sie mich fragend an und wußte schon gar nicht mehr weshalb. Vielleicht wollte sie mich auch nicht verstehen, weil sie hinter meinen Worten eine heimliche Schuldzuweisung erwitterte, oder sie war in Gedanken schon bei der Trauer-Garderobe, oder sie stellte die Speisenfolge für den Leichenschmaus zusammen oder ... oder... oder. Bei dem Tod dieses Menschen, der ihre Mutter gewesen, da jedenfalls war sie nicht.«

Paula hatte mir mit ihrem konzentriertesten Gesicht zugehört, mit diesem schweren Ernst, der sie manchmal überkam, und doch ganz wach dabei im Blick. Ich war so mitgenommen von der Erzählung, die Erregung schwang nach in mir über das noch einmal hochgekommene Geschehen, daß ich meine Hände mit einer neuen Pfeife beschäftigen mußte. In Paulas braunen Augen sah ich eine Teilnahme wie sonst nur, wenn sie vom Malen redete.

»Ich verstehe Sie, ich verstehe Sie gut, lieber Anderland.« Schon zum zweiten Mal nannte sie mich heute bei meinem Namen. Nach einer längeren Pause, da wir uns im Schweigen nahe waren, sagte Paula dann, sehr still, beiläufig fast und doch mit großer innerer Überzeugtheit sagte sie: »Ein Mensch, der mit dreißig Jahren stirbt, ist auf jeder Stufe seines Lebens ein Mensch, der mit dreißig Jahren stirbt ...«

»Verzeihen Sie, Paula, aber die Dame, um deren Tod es ging, war Ende sechzig«, korrigierte ich sie. Erst dann begriff ich, was sie sagen wollte. Ich hätte mich ohrfeigen wollen für meine stumpfen Ohren. Aber manchmal war es eben so, daß diese Frau mich einfach überforderte. Auf dem Klavier ihres Nervenlebens wurde offenbar immer forte gespielt. Daran mußte ich mich noch gewöhnen.

»Wie seltsam, dieser Hunger, den unsere Seele spürt und der nie zu stillen ist ...« Das sang Paula eher, als daß sie es sagte. Tupfte die Silben nur an, um sie schweben zu hören, aufschweben – wohin?

»Sie haben Sehnsucht nach Worpswede, nicht wahr, Paula?« »Nein, kaum. Ich bin da, wo ich bin. Nur den Tod fürchte ich, das Sterben.« Und hoch kam es, wie aus einem Murmeln ganz tief unten stieg es auf: »Wenn man nur gesund bleibt und nicht zu früh stirbt. Ich fürchte nichts. Alles wird gut, nur der Tod, das ist das einzige Gespenst, wovor ich Angst habe. Das ist das einzige wirkliche Unglück.«

Den nächsten Anis trank ich pur, kippte ihn hinunter wie einen Schnaps. Er brachte mir den ersten Fleck auf meiner Jacke ein, aber ich achtete seiner nicht.

Was war wirklich? Der Abend, der sich an diesen so innig mit Paula verbrachten Nachmittag anschloß, liegt für mich hinter einem Nebel, der immer dichter wird, wie angestrengt ich auch den Ablauf der Ereignisse zusammenzwingen will. Völlig unanzweifelbar sind erst wieder die grellen Stiche im Kopf und eine tiefe innere Beschämung, mit der ich am nächsten Morgen erwachte. Ich könnte vorlieb nehmen mit dem Vergessen, wie schwächere Naturen, doch treibt mich der Wahrheitseifer vorwärts, Licht zu stiften überall: er läßt keine Schonung gelten, am wenigsten die meiner selbst.

Wir gingen also aus, Paula und ich, und nahmen unser Abendbrot in einem Restaurant à prix fixe. »Schildkröte« hieß es, übersetzt, das kleine, intime Lokal, dessen vorab festgesetzten Menupreis einschließlich des Weines ich mir zumuten durfte. Wir fanden uns frühzeitig genug ein, um das Essen frisch nach der ersten Bereitung serviert zu bekommen. Man saß nahezu bequem, und die Papiertischdecken gemahnten auf das charmanteste daran, daß wir uns im Land des Rotweins befanden.

Glücklicherweise hatte Paula bei Tisch ihren Hut abgenommen, eine etwas aufwendige Schöpfung vielleicht mit aufgestellter Krempe und einem Schleier, der bis über die Schultern fiel. Erst jetzt war sie meine Paula. Wie blaß und vornehm sie aus ihrem himmelblauen Kleid herausblühte! Etwas Unberührbares lag auf ihrer Gestalt an diesem Abend und lockte ... o Verhängnis!

Die kleinen Speisen, die man uns auftrug, würde ich als vorzüglich bezeichnen, und auch den Wein, wenn ich mir jetzt nicht nachträglich vorwerfen müßte, ihm gar zu unvorsichtig zugesprochen zu haben. Irgendeine Kleinigkeit auf unserem Tisch erinnerte Paula an Worpswede, und sie rühmte die Leuchtkraft seiner Farben zu allen Jahreszeiten, vergaß aber auch nicht, seine trüben, feuchten Winter ohne Kälte zu erwähnen. Von ihren Kollegen dort sprach sie als von den »ewig Einheimischen«, genau, dieses Wort ist mir geblieben. Und noch eine andere merkwürdige Wendung erinnere ich jetzt: »Man sumpft ab dort in Worpswede«, sagte Paula, »man sumpft ab dort.« Über Otto Modersohn verlor sie kein Wort. Das wäre mir wohl kaum entgangen. Und dann, ja, auf einmal machte Paula mich auf einen allein sitzenden Gast aufmerksam, leise genug, eine alte Frau.

Silbern hing ihr das strähnig lange Haar in die Wangen hinein, müde wie die ganze Person. Wenn zwischen den Zähnen ein Brocken klemmte, half heimlich schon einmal der Zeigefinger nach, aber das sorgsame Essen sonst, das Rücken am Teller mit nervig schmaler Hand, das zierliche Hüsteln in die Serviette – das alles schien Paulas Phantasie wieder stark anzufachen.

In diesem Zusammenhang muß ich Paula dann nach ihrem Verhältnis zu den Geschlechtsgenossinnen gefragt haben. Bei aller gebotenen Rücksicht, gerade in diesem heiklen Punkt, hielt ich es für meine männliche Pflicht gewissermaßen, Paula auf die Segnungen der Frauen-Emanzipation hinzuweisen.

Für mein Verständnis sei sie eine der großartigsten Errungenschaften unserer Zeit, und, fügte ich hinzu, durchaus mit einem warnenden Unterton an die Adresse Paulas, »und es werden ihr in der Zukunft – das versichere ich Sie – noch die schönsten Blüten treiben.« So ungefähr.

Paula ließ sich Zeit mit einer Entgegnung. Ihre Augen wanderten zwischen der alten Frau und der Pâté auf ihrem Teller, die sie mit großem Behagen verspeiste.

»Diese Frauen mit ihrer entsetzlichen Hosensucht, auch hier in Paris: nein, das ist es nicht, was ich suche. Dort liegt die Lösung nicht der Frage, die sich mir stellt. In Berlin ..., Fräulein von Milde hieß sie, Fräulein von Milde, herrlich, nicht? Ich war in Berlin als junges Bräutchen und sollte fein kochen lernen, wie es sich gehört, und bügeln und Hemden stärken, für Otto. Und da bin ich heimlich ausgerissen einmal und habe mir einen Vortrag angehört, Goethe und die Frauenemanzipation oder so ähnlich, und ein Fräulein von Milde referierte. Sie sprach sehr klar und sehr gut, auch ganz vernünftig. Nur haben die modernen Frauen eine so mitleidige, höhnische Art, von den Männern zu reden wie von gierigen Kindern. Das bringt mich gleich auf die männliche Seite, aber beinahe hätte ich dann doch die Petition gegen das neue bürgerliche Gesetzbuch unterschrieben. Ja, beinahe ... Ich weiß nicht, wie ich heute ... kein Bräutchen mehr ...«

»Nein!« tauchte sie aus einem Besinnen auf, das ein halbes Glas Wein lang dauern mochte. »Nein!« Sehr entschieden. »Zahme Vögel singen von der Freiheit. Wilde Vögel fliegen.« Selbst wenn meine Sprachgewalt mir noch williger zu Gebot gestanden hätte – was bleibt auf diesen Aphorismus zu entgegnen, der mein emanzipatorisches Anliegen so umstandslos grausam guillotinierte?

Das fritierte Rindfleisch à la Gascogne war leider so beschaffen, daß wir unsere Münder ganz auf das Kauen konzentrieren mußten. Ich beging den Fehler, einen unverzeihlichen Fehler, daß ich glaubte, der Mühsal unserer Kiefer mit einer neuen Karaffe Wein aufhelfen zu können, die zudem noch eigens nachbezahlt werden mußte. Und doch entstand dann irgendwann ein Disput zwischen uns, bei dem ich sehr präsent war und, befeuert vom Wein, alle meine Hemmungen hinter mir ließ. Es ging um Rilke, und Paula war es, die das Thema aufbrachte.

»Ihre übergroße Befangenheit Herrn Rilke gegenüber neulich ...«, tastete Paula sich heran, »sie erinnerte mich an den Umgang unter Militärs. Müssen Männer vielleicht so miteinander verkehren? Oder Kollegen?«

»Und warum hat Rilke in seinem Worpswede-Heft nichts über Sie geschrieben, Paula, keine Silbe, keine Andeutung, nicht die leiseste? Darf ich Sie das einmal fragen? Selbst in dem Modersohn-Abschnitt nicht, wo es doch leicht gewesen wäre, Sie einzuschmuggeln?

Wie erklären Sie sich das, Paula? Sagten Sie mir nicht vor einiger Zeit, daß Rilke Ihr Freund sei? Ist das Freundschaft? Ich verstehe allerdings etwas anderes darunter.«

Einige Gäste schauten sich um nach unserem Tisch. Ich war laut geworden, hatte gesprochen, ohne Atem zu schöpfen zwischendurch, ja die Sätze waren geradezu herausgebrochen aus mir.

Aber ich schämte mich in diesem Moment nicht im mindesten für meine Aufwallung. Den Verrat des Herrn Rilke an Paula endlich namhaft zu machen, schien es mir zu rechtfertigen, daß ein paar Pariser Gourmets ihre Hälse reckten. So erfüllt war ich von meiner Wahrheit in diesem Zustand. Und hatte ich nicht wirklich recht damit?

»Ach ja, die Freunde«, wiegelte Paula meine Erregung ab. Sie war wohl schon ein wenig besorgt um mich. »Man darf da nicht zu viel erwarten. Ich glaube, Freunde tun sich besonders schwer, ein Werk zu beurteilen, das erst im Werden ist. Gar zu leicht könnte ihnen die Zustimmung von anderen als ein Freundesdienst ausgelegt werden. Und davor scheuen sie zurück, mit Recht wohl, denke ich ... Gilt denn ›Freundschaftsdienst‹ nicht beinahe schon als ein Schimpfwort in unserem lieben scheelsüchtigen Deutschland? ... Und dann, vergessen Sie bitte eines nicht! Rilke schreibt; er ist Dichter, kein Maler. Er ist kein Mann vom Bau. Ihm fehlt, bei aller Kennerschaft, ihm muß der Blick für das Handwerk fehlen, für die kleinen Kniffe beim Malen. Er kann nur das Bild beurteilen, wie es ist, nicht, wie es geworden ist oder gar werden könnte. Ja, ein Mann vom Bau: wenn ich ihn fände, wenn er mich ermutigte, wenn er das Wort sagte ... Aber vielleicht deutet sich da etwas an ...«

Paula verlor sich in ein kleines Lächeln über mich hinweg ins Weite. Ich verstand weder ihre sibyllinische Anspielung, wie geflüstert, noch gar das Lächeln, wo es doch um die schwere Unterlassungstat dieses Herrn Rilke ging. Meine Gedanken kannten nur mehr das eine Ziel. Ich wollte gerade auffahren, als Paula ruhig weiterredete.

»Und, das muß ich Rilke zugute halten, ich habe ihm nie etwas von mir gezeigt, als wir uns seinerzeit in Worpswede trafen, jeden Tag beinahe, an diesen langen, hellen Sommerabenden im Lilienatelier. Aber das ist wohl wahr: gefragt hat er mich nie.«

»Da sehen Sie es doch«, ereiferte ich mich, ich schrie beinahe und hieb mit der flachen Hand auf den Tisch, daß die Bestecke in unseren Tellern aufklirrten. »Das sage ich doch die ganze Zeit. Gefragt hat er Sie nie mit seinem ach so wohltönenden Organ. Kein einziges Mal!«

Wo hatte ich meine Sinne? Zwar entging mir nicht ganz, daß Paula schon etwas angestrengt wirkte angesichts der raumgreifenden Entfaltung meines Temperaments, und sorgenvolle Blicke über ihre Schulter auf die anderen Gäste hätten mich zur Vernunft bringen sollen. Wie ich es jetzt sehe, war es wohl eher ein Versuch, mich zu besänftigen, als sie mich mit einem gezwungenen Lächeln fragte, ob ich denn nicht gar gewillt sei, mich mit Herrn Rilke wegen dieser lächerlichen Bagatelle zu schlagen. Ich verstand jetzt ihre Ironie nicht mehr, wollte sie gar nicht verstehen, blieb nur an dem Wort »schlagen« hängen, und dieses Wort goß leider Öl in die Flammen meiner trunkenen Begeisterung. Rilke zu einem Duell zu fordern, von Mann zu Mann die Demütigung zu tilgen – da wäre sie wieder, die grandeur der Französischen Revolution!

»Es geht doch nicht um irgendein unbedeutendes literarisches Machwerk«, deklamierte ich mit widerstrebend schwerer Zunge, »es geht um Sie, Paula, um Sie allein! Ihre Ehre ist ... befleckt ist sie, jawohl! Ich muß sie reinigen!« Und riß meine Gabel vom Teller und stach, Paula starr im Blick, mehrere Male wild in die

Luft. Zärtlich, aber auch bestimmt genug entwand Paula mir die Waffe und drängte dann, obwohl der Kaffee, im Menu-Preis inbegriffen, noch nicht serviert war, zum Aufbruch.

»Das soll er mir büßen!« drohte ich ins Leere und trank mein Glas in einem Zug aus, denn wenigstens den schönen Wein wollte ich nicht ungenutzt zurückgehen lassen müssen wegen Rilke. Immerhin war ich noch klug genug, Paula mein Portemonnaie zum Zahlen auszuhändigen.

Was dann noch kam? Der Nebel, dieser Nebel ... draußen. Die Nacht, die Kühle. Schwierigkeiten mit dem Gehen. Menschen als Hindernisse. Aber Paula weist meinen Arm zurück ... Tatsächlich, ja: ich fordere sie auf, mit mir noch in ein Tanzlokal zu gehen, ich Idiot! Paula sagt nichts mehr. Was für ein Schweigen ... Umso mehr und umso heftiger rede ich, rede mich um Kopf und Kragen. Meine Seele liegt zuoberst jetzt, nackt. O tiefe, tiefe Scham! Ich habe Paula Einblick nehmen lassen in mein Innerstes. Und doch ...

Kinder und Narren sagen die Wahrheit, heißt es im Sprichwort. Sollte man nicht auch die Trunkenen zu den Wahrsagern zählen? So sehr ich mich jetzt für meine Entgleisung schäme, und schon die Vorstellung, Paula irgendwann wieder unter die Augen treten zu müssen, macht unter mir den Boden schwanken. Und doch, von einer höheren Warte geurteilt: ist man im trunkenen Zustand nicht offener, ehrlicher, wahrer als in der schäbigen Nüchternheit des Tags, wenn sich das Eigenste ängstlich vor dem anderen in Verstecke flüchtet, bis man es dort vielleicht sogar selbst vergißt?

Ich bin nicht entschieden jetzt in diesem Punkt. Ich stelle lediglich anheim.

Die einzelnen Worte, die mir in dieser Nacht noch entkamen, sie sind verweht in mir. O wären sie es auch bei Paula! Doch dunkle Ahnungen, schwer und undurchdringbar wie Wolken vor dem großen Gewitter ...

Ich beschuldigte Paula wohl, ihren rechtmäßigen Gatten in Worpswede auf das skandalöseste zu hintergehen. Ich warf ihr wohl vor, sich nur nach Paris abgesetzt zu haben, um frei zu sein für diesen windigen Poeten Rilke. Und ich griff sie wahrscheinlich auch an, daß sie sich weigere, mein Porträt zu malen. Zuinnerst die Beleidigung: sie quoll ganz auf in dieser bösen Stunde.

Überhaupt treibe sie ein grausames Spiel. Sie ergötze sich an mir, obwohl sie verheiratet sei, und trotz ihrer Liebschaft mit Rilke, trotz alledem lasse sie sich meine Liebe gern gefallen. Ja, sie fordere sie geradezu heraus mit ihrem Kokettieren.

Wir waren vielleicht schon in unserem Haus, es war jedenfalls sehr dunkel und eng um uns herum, als ich sie fragte, warum sie mich heute mehrere Male mit meinem Namen angeredet habe? Was es denn heißen solle: ich dürfe mir etwas Liebes wünschen von ihr? Und diese rote Rose, wie solle ich sie deuten, wenn nicht ... Und muß dann, ich gottverlassener Tor, auf die Einlösung all ihrer erotischen Anspielungen gedrungen haben. War das in ihrem Atelier? Wie wären wir ...? Ein Handkuß ... ein Kuß höher ... ihr Gesicht ergreifen, den Kopf festhalten, dieses Haar ... ein Handgemenge, gepreßtes, leises Schreien, ein Schlag, der Schmerz, ein Sturz, Schmerz, Weinen und Tränen ... und dann die Nacht, die Schwärze der Nacht, mitleidlos und schonend alles tilgend, was an Bewußtseinsresten noch in mir war.

Erwachen. Das Licht des Tags: eine Schmerz-Fanfare in die Augen. Durch die Schläfen drehen sich Messer. Gallengrüner Aufruhr im Magen, hohl. Jeder Pulsschlag belebt die Qual, jedes Atmen. Gepeinigt rast der Kopf, fahndet nach den Fetzen dessen, das da war. Und war es denn wirklich? Oder nur ein böser Traum? O Himmel, laß es einen Traum gewesen sein! Zur Probe: versuche aufzustehen. Frösteln durch den ganzen Körper. Schwindel, Zurücksinken in die Kissen, ins

Bodenlose, auf den Grund der Schmerzen. Ausgeliefert der pochenden Scham: was war denn, um Gottes willen, was ist eigentlich geschehen? Es schlägt im Kopf, der Schädel vorm Zerspringen: und kein Gedanke, nicht die Sicherheit einer einzigen Erinnerung. Wie spät? Das Wegdämmern für Sekunden oder Stunden. Und wieder aufgeschreckt. Aufstehen, Zittern, Tasten, Wimmern aus dem Bauch. Die Sonne strahlt. Diese herzlose, unfühlsame, diese dumme, abgrundtief dumme Natur! Warum schweigt nicht wenigstens sie?! Warum nicht Nebel über allem? Zerklumpt die Jacke, meine Jacke!, am Boden. Die Hose trug ich noch an mir. Auf dem Kaffee von Madame Vavin eine blasse Haut. Der Ekel selber. Würgen. Hohläugig im Spiegel. Ein Totenkopf. Am Hals eine lange Schramme, getrocknetes Blut. Da: o je, das Hemd. Was war? Was ist geschehen? Ruhe nebenan, nein, nichts. Gottseidank, sie ist weg. Vorsichtiges Türeöffnen. Die Flasche Pastis auf der Schwelle: ein Hieb in den Magen. Fast leer. Ein kleines Paket. Mit fiebernden Händen aufgerissen. Mein zerknittertes Plastron! Ein Brief Paulas, kariertes Notizpapier, grau, mit Bleistift, in Eile. Nur überfliegen, nicht lesen. Muß dringend weg, die nächste Zeit viel auf Achse, ein schöner Abend, trotzdem, und vielen Dank, erholen Sie sich gut, und gute Arbeit, und sofort zerreißen den Zettel, ganz klein, aus den Augen damit. Spuren verwischen, keine Zeugen. O Gott! Was war geschehen? Habe ich sie verloren? Auf immer? Weh, dieser Kopf! Und diese Sonne im Fenster: ohne Erbarmen der strahlende Tag. Wohin mit mir?

Mit dem Entschluß, das Haus zu verlassen, begann sich meine aufgelöste Person sachte zu festigen. Ich strich die Jacke glatt, mit der das Unheil seinen Anfang nahm. Ein Knopf fehlte, war abgerissen, der Bischofsstab aus Silber vom Revers verschwunden. Das Portemonnaie steckte in der Tasche. Wenigstens das. Ich zog meine alte Wolljoppe an, nahm ein Stück von der

Baguette mit und floh aus der Zerstörung, um draußen wieder heil zu werden.

Jeder, der die Freuden und die Leiden kennt, die der Alkohol an seine Jünger austeilt, weiß mit mir, daß nach einer durchzechten Nacht die Empfindlichkeit aller Sinne weit über das alltägliche Maß hinaus gesteigert ist. Man wandelt noch immer wie über Wolken, die Grenzen zwischen innen und außen liegen weiter danieder, man ist weicher gesonnen, empfänglicher für Gerüche, Gesichter, Klänge, Farben. Keine Verantwortlichkeit lastet auf dem Kopf, nicht mehr, noch nicht. Er könnte sie gar nicht tragen jetzt.

So war es auch heute mittag wieder, als ich durch die Straßen ging, die Straßen dieser fremden Stadt, vorsichtig zunächst, tastend, dann immer sicherer werdend, bis eine Fröhlichkeit aus mir herauswuchs, ein Abenteurerübermut, eine herausfordende Ziellosigkeit: ich selbst war nichts, und alles um mich war mein eigen, lag vor mir als das Glück des Lebens, so leicht, daß da kein Wollen war.

Mit jedem Schritt stärkte sich meine Person. Der Magen hatte das Weißbrot angenommen. Das Lächeln eines Kindes rührte mich zu Tränen, zu Tränen des Dankes und der Freude, ein Mensch zu sein unter den Menschen. Die gute Maiensonne wärmte meine Haut, und ihre Wärme drang nach innen. Die Amsel am Seine-Ufer sang für mich ihr Lied. Das schiere Dasein überwältigte mich und trieb meine Beine voran in Gegenden, die ich noch nie beschritten hatte. Ausgesetzt fühlte ich mich und hingestellt vor das große Geschenk aller meiner Stunden. Ich war aus dem Dunkel einer unbegriffenen Schuld entronnen. Die Wunden der Nacht schienen ausgeglüht zu sein.

Warum fielen sie mir gerade jetzt auf, die beiden, ein Mann im dunklen Anzug und sein Hund, da sich der Park, den ich nicht kannte, in einem schönen Vorsommerflirren gab und Katzengold über die Wege streute?

Zuerst war es der Hund gewesen, der, obwohl ich Hunde sonst nicht gerade liebe, meine Aufmerksamkeit weckte und mich die beiden, ein Stück versetzt, vorsichtig verfolgen ließ. Nie wohl sah ich ein hübscheres Hündchen. Es war eine gedrungene Dogge, blank, muskulös, schwarz gefleckt und so gepflegt und drollig wie die Hündchen, die man zuweilen im Zirkus sieht und die das Publikum belustigen, wenn sie aus allen Kräften ihres Leibes rings um die Manege rennen. Der Hund trug ein silbernes Halsband, und die Schnur, daran sein Herr ihn führte, war aus farbigem Leder geflochten. Ein anspruchsvolles Tierchen, ohne Frage. Herr und Hund, kam ich ins Sinnen, ein delikates Verhältnis, von höchster Abhängigkeit, vornehmlich aus der Sicht des Hundes: sehr augenfällig in den beiden.

Der Financier von so viel hündischer Prachtentfaltung – ich hielt mich auf gleicher Höhe fast neben ihm jetzt, nur durch die Breite des Weges geschützt – ein Mann, ein Herr meines Alters etwa. Nein: jünger. Ich hätte schwören mögen, daß er ein Landsmann war, ich ging noch weiter: der Herr hatte etwas entschieden Norddeutsches an sich, diese hanseatische Förmlichkeit gewissermaßen teilte sich mir in allen seinen Bewegungen mit. Er mochte aus Hamburg stammen, fabulierte ich weiter, so wie ich‘s liebe zuweilen, wenn die Stunde günstig ist, oder von einem Ostseehafen allenfalls. Wie er sich trug, der straffe, schlanke Mann – die schwarzen Haare dicht und kurz und hochgescheitelt ... der wuchtige Schnauzbart, der wie ein schwarzlackiertes Trapez aus dem blassen, schmalen Gesicht geradezu heraussprang – das Gesicht von – ja, gibt es das? – von weichlicher Askese gezeichnet ...? Die gediegene, zurückgenommen-elegante Kleidung – das Stecktuch blitzte kokett aus dem grauen Nadelstreifen, zu dunkel vielleicht für diesen Pariser Frühling: alles an seiner Erscheinung war gedämpft, soigniert, wie man hierzulande sagt, aber ohne alles monokelhaft-schlenkerbeinig Auftrumpfende des Preußen etwa und ohne die am Boden dahinschleichende süddeutsche Gelenkschwere auch. Welchen Beruf mochte der Herr dort vor mir ausüben? Professor vielleicht? Wenn es etwas gäbe zwischen Professor und ... und einem Künstler – ach, wir Zwitter ..., denn bei aller zur Schau gestellten Getragenheit: etwas Verdächtiges schien mir doch an der Gestalt zu haften. Ein Hüpfen zwischendurch, da er sich unbeobachtet glaubte hier im Park unter all den Fremden, ein zierliches Werfen der Beine ab und zu und unvermutet, ein geradezu kindisches Albern mit dem Hündchen, ein lautes Sprechen gar vor sich hin, leider unentschlüsselbar für mich, ein Stehenbleiben, ein in die Sonne Blinzeln bei geneigtem Kopf – und lauthals lachen dann, als amüsiere er sich über eine besonders gut gelungene eigene Formulierung. Und dieses raubvogelartige Ausspähen der anderen Passanten, beinahe schon jenseits der Schicklichkeit: so wie er jetzt gerade einem Pariser Jüngling nachschaut, der in schulterlangem Blondgelock an ihm vorbeischwebt: wie er ihn fixiert, von oben bis unten, stehenbleibt, auch wenn das Hündchen zerrt, sich umdreht, mit einem herrischen Rucken an der Leine, ja um sich ganz herumdreht fast, vorgeschobenen Kopfes, so als wollten dem ungläubigen Thomas die Augen aus der Höhle fallen, wenn er die Wunden des Herrn besieht: ein schon würdeverwirkendes Gaffen war es nachgerade, das der Mann sich da durchgehen ließ. Was sollte an diesem jungen Pariser Gecken denn so Besonderes gewesen sein?

Jetzt schien ich mich durch mein selbstvergessenes Starren doch verraten zu haben. Der Herr fühlte sich ertappt. Reißt die Dogge an der Leine, den teuer geschmückten Vasallen, geht schnell von dannen, ja er flieht geradezu, biegt stracks ab in einen Seitenweg, nicht ohne vorher noch einmal den Kopf nach mir zu wenden, ob ich ihm folgen könnte.

Der Herr war weg. Doch aus meinen Gedanken war er noch lange nicht verschwunden. Irgendwie, in all seiner großbürgerlichen Contenance, dachte ich bei mir, irgendwie eine zutiefst fragwürdige Existenz, mein verwöhnter Landsmann. Jedenfalls hatte er mir geholfen zu gesunden. Nach dieser Begegnung war ich wieder im gleichen mit meinem Selbst und konnte mich furchtlos auf den Heimweg machen. Man sollte, dachte ich beim Gehen, man sollte neben dem so angesehenen Gedächtniswüten doch auch die holde Kunst des Vergessens nicht für gering erachten. Ihre Hohe Schule will durchaus beherrscht sein. Ich jedenfalls konnte sogar an Paula denken, ohne zu erröten. Ja, selbst ein kleiner Trotz stieg auf in mir. Wie hatte doch der Philosoph gesagt: Allzu lange war im Weibe ein Sklave und ein Tyrann versteckt. Deshalb ist das Weib noch nicht der Freundschaft fähig ... War Paula wirklicher Freundschaft fähig? Ich hegte meinen Zweifel.

Erst im Trepppenhaus hatte die Angst mich wieder. Das Herz hämmerte mir in den Schläfen, als ich mich in meine Kammer stahl, sparsam jeden Fuß am Knarren der Holzstufen vorbeisetzend. Aber es war Ruhe nebenan, eine geradezu schwingende Stille.

Das Wort. Was war im Anbeginn? Das Wort? Die Tat? Größere als ich haben darüber gegrübelt. Und haben sie eine Antwort gewußt?

Prüfend saß ich wieder vor den Exzerpten im Braunen Buch, aus denen meine Marat-Tragödie gerinnen sollte. Die seelischen Erschütterungen, denen ich in der letzten Zeit unterworfen war, hatten sich zu einer Schaffenskrise ausgeweitet. Die Unterlagen, die ich zusammengetragen hatte, warteten immer noch darauf, von mir für den entscheidenden dramaturgischen Zugriff hergerichtet zu werden. Auch jetzt befand ich mich eher über den geschichtlichen Belegen als mitten unter ihnen. Die Kastanien des Katholischen Instituts aber blühten steil in Weiß und hellem Rot, und meine Gedanken verfingen sich in diesen Wunderkerzen vor dem Fenster und wollten ...

Von der Absicht der Tat bis zu ihrer Ausführung – welch eine unermeßliche Kluft! Wie mag es aussehen in einem Helden der Revolution bevor er zum Täter wird? Der Finger liegt auf dem Hahn der Pistole, aber noch ist der Mensch kein Mörder. Ja, da sein ganzes Inneres vor solch einem Abschluß bebt und wankt, ist da nicht noch eine Pause der Verwirrung – ein letzter Augenblick zur Umkehr für ihn vorhanden? Noch ist er kein Mörder. Von den unbedeutendsten Kleinigkeiten mag es abhängen, ob die zutiefst eingewurzelte fixe Idee nicht doch noch umgebogen werden kann: das Bild der Mutter erscheint vielleicht, sekundenkurz, ein anderes geliebtes Gesicht ... ein Riß --- Doch nein: ein leises Zucken nur des Muskels, der Todesstrahl – er fährt heraus, und er ist Täter, Mörder jetzt und bleibt es bis in alle Ewigkeiten – und die Erde hat sich in eine Hölle gewandelt für ihn. Denn seinen Horizont umzieht nicht mehr, ja sagen wir: das Goldgewölk der Hoffnung, sondern das rote Flammenmeer der Reue, doch kein Zurück ist je ihm mehr beschieden, und Stimmen der Natur rufen ihr Wehe! Wehe! über ihn. Nun habe ich gottlob ja nicht zu morden, sondern nur den Mord zu dichten. Nur dichten, sage ich. Nur dichten? Mir scheint, in diesem Augenblick, das Morden leichter. Wie herrscherlich frei ist der Geist, wenn er das große Werk nur denkt, von der Göttlichkeit des Träumens gar nicht mehr zu reden. Zu Luft-, ja Sturm-Gebäuden fügen die Ideen sich und die Absichten dir, in schwindelnde Höhen hinein, und nichts mehr kann fehlgehen, ... so scheint es. Du mußt es nur noch machen. Nur das schnöde Machen noch steht zwischen dir und dem Lorbeer des Olymp, und du spürst ihn schon deinen Scheitel kitzeln, wenn du dich, befeuert gar von einem guten Tropfen Wein, auf deine Zehenspitzen stellst und traumverloren ... Doch dann sitzt du nieder vor einem Blatt Papier, weiß wie die Aschenglut der Hölle, und sollst seine Leere füllen mit dem, was eben noch an Reichtum in dir war, in Überfluß. Gestalt soll's werden, Bild, einfach und so sicher hingestellt wie diese Blüte der Kastanie drüben ... Ihr feines weißes Wippen ... Aber der Leere des Papiers antwortet unheilvoll schweigend nur die Leere deines Kopfes, und das hohle Echo dieses Schweigens zeugt tausendfach verstärkt sich fort, bis du dir die Ohren zuhalten mußt und mit einem stummen Schrei den Kopf auf das leere Blatt hinbettest, das Schweißtuch deines Leidens, um wenigstens es aus dem Blick zu haben ... oder die Weiße einer Leinwand ... Wie schafft sie es nur, Bild über Bild zu finden, Gesichter, Leiber, Früchte, Blumen, Bäume – die Leere zu verdrängen, das Weiß zu löschen? Aus welchen Quellen speist sie ihre Kraft, die Zuversicht? Zehrt sie mich aus am Ende mit ihrem steten Machen? Reicht der göttliche Mut für einen nur unter diesem Dach? Und das sei sie? Und ich?! ... Wo bliebe ich? ... Schwefeldämpfe hinter meiner Stirn ... Stimmen, üble Stimmen – nein, Stimmen nebenan!

Ich auf, das Ohr an der Tapete, kühl: ja, Paula hat Besuch. Ein Mann. Nicht Rilke. Nein. Seit einiger Zeit schon hatte ich – seit wann? – sein bedeutendes Säuseln entbehren müssen. Ein sattes Organ in Mittellage klingt drüben auf, tenorhaft füllig, ein deutsches Sprechen, unverstehbar leider, ein bühnenhaft dahinkollerndes Lachen, so dröhnend, daß ich von der Wand ein Stück zurücktreten muß. Kein Ton von Paula.

Jetzt erkenne ich ein Wort: »Behlung!« deklamiert der Tenor, steigert es im Klang, stellt's hin noch einmal mit mindestens drei Ausrufungszeichen. Ich lehne an der Wand und wage kaum zu atmen. Schieben und Schaben. Holz auf Holz. Etwas wird verrückt ... oder aufgestellt? Natürlich: Bilder! Paula stellt Bilder auf ihre Staffelei. Und sagt kein Wort. Nur der Tenor nimmt keine Pause. Einen trefflichen Danton gäbe er ab auf der Bühne. »Behlung!« höre ich, nein, eher »Be-Ölung!« Ob das eine Maltechnik meint, eine neue Art des Farbauftrags? Dann leiser, Zimmerton. Murmeln nur noch.

Die Verschwörerszene. Jetzt dringt auch Paulas Stimme durch. Aber nicht, wie ich sie kenne: bestimmt und fest und selbstbewußt, nein: zögerlich kommt sie, fragend ..., verdrückt irgendwie. Das kleine Mädchen vor dem Lehrer ... oder Vater ... Was geschieht da nebenan. Ein Käufer? »Be-Ehlung!« schwillt es wieder an, »Be-Ölung!«

Ich zwinge mich zurück an den Schreibtisch. Ich will arbeiten. Ich muß arbeiten. Sortiere die Papiere neu, lege die Bleistifte in Reih und Glied, verschiedene Farben und Stärken. Weiß das Papier. Papier aus Deutschland noch. Ein ganzer Block. Gekauft in Mainz. In Mainz? Nicht doch in ..., in ..., nein, nein ..., doch ... und wann? Holzfrei und rein und ohne Linien. Vielleicht wäre liniertes Papier günstiger für mich? Oder kariert?

Ich fasse einen Entschluß. Zunächst einmal ziehe ich Längsstriche über die Seiten, als Raum für Korrekturen. Links oder rechts? »Behlung!« brüllt der Fremde herüber. Oder »Be-Eilung?« Ich beeile mich. Dreißig Seiten sind jetzt präpariert. Das soll reichen für den Anfang. Ich habe mich für links entschieden.

»Marat. Eine Tragödie«: breit geschrieben, in gedruckten Buchstaben. So. Das obere Drittel der ersten Seite ist gefüllt. Ein Anfang. Halt! Unterstreichen! Einmal? Zweimal? Frei Hand (genialisch)? Oder korrekt mit dem Lineal? Und warte untergründig auf die Stimme von drüben, lauere ihr auf, daß sie mich quäle. Und läßt mich nicht im Stich. »Be-Ölung!« Und wieder ein Gedanke von mir zertrampelt, zerstört – dahin. Bei solchem Lärm – wie soll ein Mensch da arbeiten können? Und gar der Dichter?

Ich merke nicht, wie lange ich jetzt schon so da sitze, eingezwängt zwischen dem, trotz stolzer Titulatur, unsagbar leeren Blatt und dem Warten auf die Stimme. Und dabei weiß ich es, ich spüre es mit jeder Faser: heute könnte ich den Anfang schaffen. Vielleicht nur heute. Ein kleiner Ton will in mir klingen, ja, er hebt an, ich schließe meine Augen, leise, leise, horche nach innen – »Be-Eilung!« fährt die Trompete mir hinein. Vorbei, zernichtet!

Ich gebe mich geschlagen. Der Kampf ist verloren. Ich verlasse das Haus. Gönne mir ein Gläschen Roten drüben im La Crémaille, ein zweites, um mich zu sammeln. Schlendere hinüber in meinen Park. Papier und Bleistift stecken in der Tasche, der schöpferische Anfall soll mich nie ungerüstet ereilen.

Zwei Kinder sitzen auf dem Rand des großen Bassins vor dem Schloß, rittlings: der eine Fuß im Wasser, der andere in die Fugungen des alten, grauen Steins gestemmt, von wann? Ein Lockenknabe und ein Mädchen im schulterlangen Haar, abgewandten Gesichts schauen sie hin zur Fontäne, die aus der Brunnentiefe aufsteigt. Halten sich fest an ihren Händen bei diesem ungewissen Sitz, im Kitzel der Gefahr, so deute ich die Genre-Szene aus, und schaue weiter: das Popöchen des Knaben ist wasserwärts gewichtet. Das ältere Mädchen hat sich dagegen sichernd auf dem Land verankert ...

Ein schönes Bild: ein Bild zum Sinnen, ja fast ein Sinn-Bild. Der erste Takt zu einer ganzen Philosophie des gedoppelten Menschen ... Wer sie schriebe ...

»Beseelung!« Natürlich! So hieß das Wort. Ich schlage mir mit der flachen Hand vor die Stirn. »Beseelung!«

Wie abgeschmackt, vulgär – Beseelung ... obwohl, zu Paulas Bildern ... die Alte vor mir, auf dem Stühlchen, eine Tasche zwischen den Beinen: mit kraftlos hängendem Arm streut sie dem blaugrauen Geflatter der Tauben ihre Brosamen hin ... Ich notiere.

Ein Wunder. Paula im Arbeitskittel, den Pinsel in der Hand. Es roch nach frischen Farben. Sie blieb stehen vor ihrem Bild und lud mich nicht zum Sitzen ein.

Meine Neugier ließ sich nach dem Frühstück nicht länger knebeln. Bis an den Rand des Schlafes hatte das Wort »Beseelung« in mir nachgehallt, wie ein Befehl. Oder eine Verhöhnung? Zum ersten Mal nach unserem kleinen Mißverständnis an jenem ersten Mai trat ich Paula wieder unter die Augen. Alles Blut saß mir im Kopf. Die zitternden Hände verbarg ich in den Jackentaschen.

Paulas Augen aber kamen von weither. Was sahen sie gerade? Auf ihrem Gesicht lag eine Sammlung, wie ich sie so noch nie erlebt hatte bei ihr. Durchscheinender die Haut in der Vormittagshelle ihres Arbeitsraumes, die Lippen zusammengedrängt (oder eingegraben?) – verschwunden fast. Alles an ihr war nach innen gezogen, nach ganz tief innen, ans Ende einer hohen Spannung. Selbst das Haar: flüchtig mit zwei Klammern aus der Stirn verbannt. Ihr Blick auf mich: ein genauer Blick ins Leere.

»Herr Anderland?« sang sie ohne Ton beinahe, »ich bin bei der Arbeit ...«

»Ich ziehe mich auch sofort wieder zurück«, sagte ich hastig, den einen Fuß schon zurückgestellt. »Nur, Paula, darf man gratulieren? Haben Sie ..., haben Sie einen Käufer gefunden?«

»Einen Käufer?« Paula schien aufzuwachen. »Einen Käufer? Nein, ein Wunder ist mir widerfahren, Sie fassen's nicht: ein Wunder ... Aber jetzt, jetzt muß ich wirklich ..., sonst ... Aber wir können uns abends vielleicht sehen, auf einen Kakao, ja? Wenn Sie Zeit haben, natürlich ...«

»Ich werde mich frei machen für Sie, Paula«, verbeugte ich mich, den Türgriff in der Hand.

Den bitteren Kakao mir einzuverleiben, nahm ich auf mich, auch um meinen Frevel an Paula zu sühnen. Ich konnte nur hoffen, daß sie mein Opfer erkannte und annahm. Auf der Staffelei stand ein Stilleben: Früchte, Äpfel im Korb, Äpfel und Bananen verstreut auf einem faltenreich drapierten, hellen Tuch, das fast das ganze Bild einnahm. Nur oben, am Rand, ein schmaler Streifen Blau, wie eine Sehnsucht ins Weite: zum Meer hin, nach dem Süden. Die Früchte, in steiler Aufsicht gegeben, waren ein wenig blasser als die Originale, die auf Paulas Tisch lagen: Äpfel im Mai in Paris, so sündhaft teuer, daß ich sie kaum in den Auslagen der Geschäfte anzublicken wagte. Hier konnte ich es tun nach Herzenslust und ohne alle Reue. Ich stand vor dem Bild und schaute.

»Sie sind so ... sie wirken ... irgendwie wie beseelt wirken sie, Ihre Äpfel ...«

Paula saß auf dem Sofa mit ihrer unvermeidlichen Kakaotasse in den Händen. Die Anspannung der Arbeit in ihrem Gesicht hatte sich gelöst, war aber noch zu spüren. Breit lag es wieder und etwas teigig um die Wangenknochen und strömte eine Ruhe aus, ein Gesättigtsein, diese eigentümliche Erdenschwere. Und so klang auch ihre Stimme jetzt.

»Sie wirken nicht nur wie beseelt, sie sind beseelt, Herr Anderland«, sagte Paula, ganz bei sich und horchend, als müsse sie Wort für Wort aus einem schönen Traume heben, »jedenfalls wenn ich Höttger glauben darf. Und warum sollte ich ihm nicht glauben dürfen, nicht wahr?«

Paula mußte mir diesen Namen erklären.

Bildhauer sei er, ein bedeutender Bildhauer, selbst Rodin, der Große, habe sich lobend über ihn ausgelassen, wie sie gehört habe, und er verkaufe auch, hier, in Paris, verkaufe er. Paulas Stimme klang feierlich geradezu. Nein, das war nicht ihr spitzer norddeutscher Witzel-Ton, in dem sie sich sonst über den Ruhm eines Künstlers auszulassen pflegte. Und ein Architekt sei er dazu, der Herr Höttger, und natürlich, wie anders: ein Maler.

»Er malt große, vielleicht etwas dekorative Sachen, aber sie sind doch sehr, sehr stark empfunden, ein wenig im Sinne von Marées, falls Ihnen das etwas sagt.«

Dieser Name sagte mir allerdings etwas, sehr im Gegensatz zu dem dieses Groß-Dekorateurs Höttger. Aber ich hatte verstanden! Das also war der Mann gewesen gestern, der Mann vom Bau, auf dessen Zuspruch Paula so lange gewartet hatte.

»Ich porträtiere seine Gattin übrigens.«

Warum dieser etwas zu schnell gesprochene Nach-Satz, Paula? Ist er als Ablenkung gedacht, als Täuschung?

Aber so leicht redet man einem Anderland seinen Verdacht nicht aus! In diesem Punkt ist er hellwach. Nun lag die Natur der Beziehung, die sich zwischen Paula und diesem Vielfach-Künstler Höttger ergeben hatte, offen vor mir: schmerzlich offen.

Immer noch stand ich vor dem Bild.

»Sehr, sehr schön Paula. Mein gefühltester Glückwunsch! Diese Äpfel ..., ganz wie die echten da auf dem Tisch.«

»Verzeihen Sie, Herr Anderland, es klingt fast so, als wollte ich Sie heute partout immer verbessern. Aber sind sie nicht schöner, meine Äpfel, als diese da? Sind sie nicht - ja, jetzt traue ich es mich zu sagen – sind sie nicht echter als ihre natürlichen Vettern? Schauen Sie.«

Paula war aufgestanden und atmete jetzt neben mir.

»Schauen Sie, diese Äpfel, meine Äpfel, wie sie ganz mit sich selbst beschäftigt sind. Sie sind wie sie sind. Sie wollen nicht schmecken, wollen überhaupt nichts, schon gar nicht gegessen werden. Was für ein banaler Mißbrauch! Höttger hat mich darauf aufmerksam gemacht. Die Bilder von Ihnen, sagte er gestern, Ihre Bilder verlangen nichts von außen, sie dürfen auch nichts verlangen und erwarten, sie beziehen sich auf nichts, was draußen liegt, und sehen nichts, was nicht in ihnen ist.«

Den Sinn dieser Worte konnte ich freilich nur ahnungsweise ertasten. Hoffentlich verstand Paula selbst ganz, was sie da vor mir entwickelte.

»Ja, ich verstehe, glaube ich, ich verstehe, was Sie meinen: das Ur-Bild des Apfels, seine eingeborene Idee, oder besser noch, in diesem Fall: seine eingefleischte Idee ...«

»So sehen Sie es, Herr Anderland, so müssen Sie es sehen, als Theoretiker.« Paula lächelte. Bildete ich es mir nur ein, oder war in diesem Lächeln wirklich eine Spur von Unduldsamkeit, von Überhebung auszumachen?

»Es ist alles viel, viel einfacher. Es geht um's Licht, mehr nicht, um das Blockgefühl der Dinge, wie Höttger das nennt.

Ich habe hier ein ganz anderes Verhältnis zur Sonne bekommen, in diesem lichtseligen Paris. Aber nicht zu der Sonne, die alles teilt und überall Schatten hinsetzt und das Bild in tausend Teile zerpflückt. Das war die Sache der Impressionisten. Genau das muß überwunden werden! Nein, jetzt sehe ich die Sonne, wie sie brütet und die Dinge grau macht und schwer und sie alle in dieser grauen Schwere verbindet, auf daß sie eines sind.«

Warum fühlte ich mich bei diesen Ausführungen an die Lehren von Pater Martin erinnert, vor einem Menschenleben fast, damals im Kloster Beuron?

»Augustinus sagt ...«, glaubte ich Paula entgegenzukommen. »Höttger sagt ...«, fiel sie mir sofort ins Wort, »Höttger sagt, er träume von der Bewegung in der Farbe. Und in meinen Bildern sähe er sie bewegt: dieses gelinde Schummern und Vibrieren, dieses Schummern des einen Gegenstandes durch den andern. Sehen Sie, hier, das Rot des Apfels im Grau der Stoffalte, hier: das ist kein bloßer Schatten, das ist Stoff: Stoff und Fleisch und Apfel. Alles!«

Ich vermochte Paula nicht mehr zu folgen. Ich verstand einfach nicht mehr, was sie meinte. Umso klarer aber begriff ich das eine: daß ich den Kampf um sie verloren geben mußte. Höttger hatte mich aus dem Feld geschlagen. Einem Mann, dem Begriffe wie »Beseelung«, »Blockgefühl« und »Schummern« so klanggewaltig von den Lippen kamen, Begriffe, die Paula gierig eingesaugt hatte, so als sprächen sie das Wort für sie, endlich dieses eine Wort, auf das sie ihr ganzes Künstlerleben über hatte warten müssen: das alles sagende, das große »Ecce pictor!« – einem solchen Mann vom Bau: was hatte ich ihm Gleichwertiges entgegenzusetzen? Woran selbst

Rilke gescheitert war mit seinen ziselierten Finten: der beseelte Tenor hatte Paula total beschummert und ganz für sich gewinnen können.

Und sie, ach ja, man stelle sich vor: Paula malte seine Gattin. Wie äußerst sinnreich! Ich konnte mich jetzt auch hinsetzen, nahm freiwillig in dem Brokatsesselchen Platz und trank den Kakao bis zu seiner besonders ekelhaften Neige aus. Es war mir ein Labsal.

»Ich habe das Gefühl«, sagte Paula, »als hätte ich ein neues Leben geschenkt bekommen seit gestern, und es soll schöner werden und reicher als bisher, und alles, was in mir sitzt: das soll erlöst sein. Höttger hat mich mir selber gegeben. Ja, ich bin. Ich, Paula Becker, bin Malerin. Ich habe Mut bekommen. Mein Mut, Herr Anderland, stand immer hinter verrammelten Toren und wußte nicht aus noch ein, auch in Worpswede, auch an der Seite Ottos. Höttger hat mir die Tore geöffnet. Er war mir ein großer Geber. Und jetzt muß ich mich sputen mit dem Malen. Man weiß nicht, wie lange man noch lebt. Ich selbst bin mir gar nichts mehr wert, mein Staub soll dahingehen, wann immer es sein soll. Aber mein Werk, die Bilder, die noch in mir sind, die hinauswollen ans Licht – um sie täte es mir leid. Um sie, nur um sie könnte ich weinen, wenn sie mir ungemalt blieben.«

Paula nahm mich wohl gar nicht mehr wahr. Sie sprach aus einem Ich heraus, das sich ganz bewußt geworden war, an das kein Zuspruch eines anderen Menschen mehr heranreichte.

»Und in die Kurse gehe ich natürlich auch nicht mehr seit heute. Sie kann nicht zeichnen, hieß es immer in Worpswede. Das muß sie erst noch lernen, unsere Kleine. Talent, das hat sie ja womöglich, und wenn sie fleißig ... Nicht mehr das Zimmer verlassen, leben zwischen diesen Bildern, meinen Kindern, morgens als erstes der frische Blick auf das Werk von gestern, und weiter arbeiten, und nachts, wenn der helle Mondenschein mich weckt, aufspringen und in den eigenen Farben baden ...«

Mein Taktgefühl sagte mir, daß ich Paula in der Stunde ihrer Selbst-Geburt nicht länger stören sollte. Still empfahl ich mich und ging von dannen. Eilte blicklos die abendlichen Straßen entlang, nur um unterwegs zu sein. Dieser Höttger ... Sieh an, Rodin hat ihn gelobt. Du lieber Himmel, kennt man sie nicht, die Courtoisie des Franzosen, was besagt sie schon einem Ausländer gegenüber, gar einem Germanen, den kulturell als gleichen Ranges zu erachten dem Romanen kaum je gelingen will? Und er verkauft auch noch, hier in Paris? Ach, Paula, wo bleiben Ihre Maßstäbe? Gilt Ihnen das jetzt als Ausweis höchster Künstlerschaft, in Paris zu verkaufen und von einem berühmten Mann gelobt zu sein? O Eitelkeit der Welt! Wo ist Ihre schöne Unbestechlichkeit geblieben, die ich an Ihnen so liebte, Paula, die mich stärkte? Wo? Wie bezeichneten Sie die Malerei Ihres Glücksbringers und Erlösers doch gleich? Sagten Sie nicht »dekorativ«? Doch, Paula, genau das sagten Sie! Das waren Ihre Worte. Und seine »Gattin« porträtieren Sie auch noch nebenbei? Ach nein! Was zählt bei ihnen denn das heilige Sakrament der Ehe, bei diesen Künstlern und denen, die sich dafür ausgeben? Paula, sind Sie nicht auch verheiratet? Sind Sie's denn wirklich? Und auch der famose Herr Rilke wird, nehme ich doch an, verheiratet sein. Und so auch Höttger. Was verschlägt's? Eine kleine Schaffenskrise, ein bißchen gestörte Inspiration, verquere Seelenlage – und schon wird ein geliebter Mensch dahingegeben, man trennt sich für ein paar gemalte Äpfel, für eine halbe Seite dekorativer Verse. So seid ihr Künstler, so? Das wäre eure Menschlichkeit?

Zum ersten Mal seit langen Monaten dachte ich, so für mich dahingehend durch die Nacht der Fremde, zum ersten Mal dachte ich an meine teure Luise dort in der Heimat. Wie sie wohl leben mochte in diesen Tagen, da ich so unerbittlich und von allen Menschen verlassen um meine hohe Berufung rang? Ehe mich ganz die

Rührung übermannte, schaute ich dann doch noch auf einen Sprung ins La Crémaille hinein, wo ich seit einiger Zeit den Abendtrunk zu nehmen pflegte. Nach ein paar Gläsern lösten sich meine trüben, bitteren Gedanken auf, ich sah die Dinge gerechter, und auch Paula kam ich wieder näher: was mußte diese Malerin gelitten haben, und wie lange, über wie viele lange Jahre hinweg, daß sie jetzt die erste Zustimmung durch einen Fach-Kollegen als ihre Geburt zur Künstlerin erlebte?

Ich trank ein letztes Glas auf Paula, nein, nicht auf sie, ich leerte es auf das Werk, das sie sich vorgenommen hatte und dem ich nicht länger im Weg stehen durfte.

Entlarvt. Und Paula malte, malte, malte. Jedenfalls verließ sie kaum mehr das Zimmer. Das Atelier war zu ihrer Lebenshöhle geworden. Kein Laut drang zu mir herüber – kurz einmal das Rücken der Staffelei vielleicht oder eines Stuhles –, aber ich spürte ihre Anwesenheit mit einem feineren Sinn als dem Gehör. Lediglich zur Mittagszeit verließ sie ihre Klause, um sich in einer der wohlfeilen öffentlichen Suppenküchen zu stärken. Denn selbst zum Kochen ihres Reisgerichts mit Zimt und Rosinen nahm sie sich jetzt nicht mehr die Zeit. Nach einer knappen Stunde kam sie schon wieder zurück.

Meine eigene Arbeit ging in diesen Tagen eher schleppend voran. Obwohl ich mich, schon aus moraldiätetischen Gründen, weiter streng an die bewährte Form des zweigeteilten Dienstes hielt, hatte ich die Marat-Tragödie doch erst einmal hintangestellt. Statt dessen sichtete ich meine bisherigen poetischen Aufzeichnungen im Blauen Buch und dachte daran, sie womöglich als ein eigenes Bändchen herauszubringen.

Ein Titel war mir bereits eingefallen: »Dialoge über das Schweigen« wollte ich, in Anklang an mein erstes Werk, es nennen. Nur über das Kompositionsprinzip für diese Skizzen und Impressionen war ich mit mir noch nicht im reinen. Da wollte manch ein Stündchen schöpferischer Muße sich gegönnt sein. Auch besann ich mich in dieser Zeit wieder meiner frühesten Liebe zur Kunst, der unschuldigsten vielleicht: ich fing erneut zu zeichnen an. Paulas Pferdegespanne hatte ich schon mehrere Male sauber kopiert, und auch die Kastanienblätter vor dem Fenster, die siebenfingrigen Titanenhände, verherrlichte ich auf meinem Block, wenn ich auch nicht gerade hätte behaupten wollen, sie seien dadurch wahrer geworden als ihr Vorbild aus der Natur. Eher schon mußte ich bei meinen Kastanien-Exerzitien an die schöne Geste von Suliman dem Zweiten denken, der dem Kaiser der Christenheit in Wien – es muß im 16. Jahrhundert gewesen sein – als Geschenk ein Säckchen Kastanien überbringen ließ. Er sollte sie seinen Pferden unter das Futter mischen, weil die Früchte des Kerzenbaums der Kreatur neue Kräfte einflößten. Paulas schweren Pariser Rössern hätte eine Kostprobe aus des Kalifen Säckchen gewiß nicht geschadet, dachte ich beiseite. Selbst beim Studium der Natur wurde ich so in meiner Einsicht bestärkt, daß wir Menschen doch vor allem geschichtliche Wesen sind, gewordene eher als seiende ...

Liebend gerne hätte ich meine kleinen Werke von Paula auf ihre Richtigkeit hin prüfen lassen wollen, um von Beseeltheit vorderhand zu schweigen, aber ich war selbstlos genug, Paula jetzt ganz ihrem eigenen Werk zu überlassen.

Gerade damit befaßt, den Mohren gewissenhaft aufs Papier zu bringen, der vom Plakat vor mir herab für Schuhwichse seine Zähne bleckt – wer schleicht sich da die Treppe hoch? Kommt Paula schon von ihrer Suppe zurück? Gerade erst hatte ich sie weggehen hören. Nein, ein anderer Fuß war das, leicht wie der eines Diebes. Ich hielt den Atem an und wartete. Auf Zehenspitzen trat ich auf den Flur hinaus. Hatte ich mich ...? Nein! Da. Unter Paulas Tür lugte etwas hervor. Weiß. Ich zog es hervor. Ein Brief. Kein Name, kein Absender. Und es kam eine

Ruhe über mich in diesem Moment, die beglückende Entschiedenheit, ein Gleichklang aus Denken und Fühlen. Überrascht stand ich vor mir selbst, den Brief in den Händen, und war vollkommen sicher in dem, was jetzt zu tun sei. Die Absicht war unversehens da gewesen, wie der einfachste Gedanke der Welt, den nicht ich dachte, sondern etwas Unbekanntes aus mir emporgehoben hatte, und doch trat auch ein Ur-Eigenes darin zutage. Keinen Augenblick lang hatte ich das Gefühl, etwas Unrechtes zu tun. Eine halbe Stunde blieb mir Zeit. Ich ging besonnen zu Werk, war ganz Täter. Der Teekessel auf dem Spiritus-Kocher brauchte zwar länger als sonst, wie mir schien, dafür löste der Wasserdampf das Kuvert schneller auf als ich veranschlagt hatte. Mein Verdacht, nein, es war kaum ein Verdacht gewesen, mein Wissen fand sich bestätigt: Rilkes Hand, auf einer Briefkarte, die mir schon bekannte Mischung aus deutscher und lateinischer Schrift. »Liebe Paula«, las ich, »während dieser vierzehn Tage in allerlei Arbeit hineingeraten, so daß ich Ihnen jetzt nicht sitzen kann. Ich gehe früh oft nach der Nationalbibliothek, gerade für die Zeit, die ich Ihnen zu geben versuchte. Ist das sehr schlimm? Immer Ihr Rainer Maria Rilke.« Der i-Punkt über Maria fehlte. Oder hatte der geneigte Leser jenen unerfindlich langen Strich über dem gesamten Namen für diesen Punkt zu nehmen? Auf einer zweiten Karte standen in Schmuckschrift, mit geschwungenen Initialen, Verse, Verse von Rilke selbst wohl. Mädchen, Dichter sind, die von euch lernen / das zu sagen, was ihr einsam seid; / und sie lernen leben an euch Fernen, / wie die Abende an großen Sternen / sich gewöhnen an die Ewigkeit. / Keine darf sich je dem Dichter schenken, / wenn sein Auge auch um Frauen bat; / denn er kann euch nur als Mädchen denken: / das Gefühl in euren Handgelenken / würde brechen von Brokat ...

Ich lachte laut auf. Alle Achtung, Herr von Rilke: listiger hat wohl noch kein Mann vor Ihnen seinen Rückzug angetreten von der Geliebten, seit es zwei Geschlechter gibt, eleganter noch nie, auch ohne i-Punkt, seine Niederlage besungen, so daß ein weniger geübtes Auge als das meine beinahe einen freiwilligen Verzicht auf Paula aus diesen Versen hätte herauslesen können. Immer noch war diese unbegreifliche Ruhe in mir. Ich brachte die Kaltblütigkeit auf, das Gedicht abzuschreiben. Meine Hand wankte nicht einen Buchstaben lang. Dann verklebte ich den Umschlag frisch und schob ihn unter Paulas Türe durch, und zwar klugerweise ganz. Sofort verließ ich jetzt das Haus, um Paulas Rückkehr zuvorzukommen und nicht diese windige Briefsendung noch einmal im Geiste mitlesen zu müssen.

Erst auf der Straße, als die Anspannung von mir genommen war, fing ich an zu zittern. Ich zitterte am ganzen Körper. Schaute mich um nach allen Seiten, aber weder Rilke noch Paula waren zu sehen. Ich rannte los, ins Blaue hinein, ohne Ziel wieder, rief übermütig ein »Vergelt's Gott!« an den Himmel. Als ich mich weit genug von unserem Haus entfernt glaubte, blieb ich stehen, stand mitten auf dem Trottoir und lachte, lachte, lachte. Ich erinnere mich nicht, jemals so stolz auf mich gewesen zu sein wie in diesem Augenblick. Ein Täter, ja: ein Täter! Kalt war ich gewesen, eiskalt, wie der Mörder vor der Tat. Kein Zaudern war in mir gewesen, keine Verwirrung. Nur in Gefahr des Todes wird der Mensch sich selbst bekannt. Jetzt wußte ich: dann, wenn es gilt, konnte ich mich auf Anderland verlassen. Und der Erfolg! Mit einem Schlag hatte ich das in feinen Versen verwobene Lügengespinst des Herrn Rilke aufgedeckt und zugleich die letzte Klarheit darüber gewonnen, welcher Natur die Beziehung zwischen Paula und Höttger war. Welch ein Triumph! Ich gönnte mir ein schnelles Gläschen Wein auf meinen Sieg und fand mich dann ganz unversehens in der Rue Vivienne vor dem erhabenen Bauwerk aus den Tagen Mazarins stehen. Sieh da, die Nationalbibliothek! Nie hatte ich mir zuvor die Zeit genommen, mich völlig absichtslos in diesem kolossalen Hause zu verlieren. Den Glanz seiner prächtig ausgeschmückten Hallen sog ich heute schönheitsselig ein wie auch den ehrwürdigen Moder seiner abertausend Folianten. Die Salle de Lecture im ersten Stock, ein langgestreckter Raum zur Rue Colbert, war schnell durchmessen. Pergamentgraue Gesichter beugten sich über die Weisheiten des Abendlandes, ihre Münder so fest verschlossen, als würden sie sich nie mehr öffnen wollen. Wie heimatlich sie mich anwehte, diese Luft, verbraucht von den Widerständen des Lesens und Nach-Denkens. Und ich genoß es doch gleichwohl, davon befreit zu sein, für heute jedenfalls.

Jetzt schritt ich die Nouvelle Salle ab, im Erdgeschoß neben dem Ehrenhof gelegen – eine orientalische Bücher-Moschee: die stillen Gläubigen verneigten sich über den Schriften in alle Richtungen des Geistes, und vor ihnen wiederholte sich der weite Kuppelhimmel zu ihren Häuptern als ungezählte Echos: in den Halbmonden der gläsernen Tischlampen. Die Kuppel: welch ein Meisterwerk der Eisenkonstruktion! Erst heute maß mein Auge ihre Dimensionen aus. Hier mochten leicht Hunderte ihren Platz finden können, überschlug ich im Kopf, als ich mit dem lärmbremsenden Schritt des Kenners durch die Tischreihen wandelte, bis ich wohl jeden Benutzers ansichtig geworden war. Aus aller Herren Länder stammten sie. Manch eines hageren, rotschopfigen Briten wurde ich gewahr, ich sah den gelben Teint des fernsten Orients, Turbane über Bartpagoden, und auch viele deutsche Gesichtsformen glaubte ich zu erkennen – nur ... ach ja, eh ich's vergesse: Herrn Rilkes ordensgeschmückte Gestalt fand ich zufälligerweise nicht unter ihnen. Und auch am nächsten Mittag, als ich einige Marat-Biographien zurücktrug, die meine Arbeitslust zur Zeit eher hemmten als befeuerten, fand ich meinen erlauchten Kollegen hier wiederum durchaus nicht in allerlei Arbeit hineingeraten. Ist das sehr schlimm? fragte ich mich mit einem grimmigen Lächeln. Die Anwohnerin eines bestimmten Hauses in der Rue Cassette scheint sich jedenfalls von Rilkes Ausbleiben nicht gerade die Handgelenke brechen zu lassen. O ganz im Gegenteil! Man weiß sich schnell zu trösten, verteufelt schnell sogar für meinen an größerer Beständigkeit gebildeten Begriff vom Leben.

Auf meinem Heimweg, erleichtert von den Büchern und von manchem anderen auch, beobachtete ich einen Spatzen, wie er sich unter dem Gemüsestand ein angefaultes Salatblatt wegstahl. Was heißt hier stehlen eigentlich, kam es mir ein beim Schauen. Überall ist Notdurft. Was da ist, ist da, zur freundlichen Bedienung aller. Auch der Bestohlene kann reicher werden dabei. Rückte das Blatt hin und her, der gewissensfreie Vogel, hüpfte mit der Beute im Schnabel, größer fast als er selbst, hüpfte davon in ein Platanen-Gitter, um seinen Fund vor den eifersüchtigen Artgenossen zu sichern und ihn hastig zu zerzausen. Ich war sehr einverstanden in dieser Mittagsstunde mit den Gesetzen unserer Schöpfung. Ja, es kann durchaus eine Lust sein zu leben.

Nackt. Viele Tage waren vergangen, eher Wochen, als Paula sich wieder einmal an ihren Nachbarn erinnerte. Die Sonne stand hochsommerlich im Blau vor mir, auf dem Gemäuer des Katholischen Instituts gefiel sich das lichtverzehrende Blätterwerk in Schattenspielen. In ungezählten Tönen klang die Willkür des Lichts vom weißen Grau der Steine zurück. Aus der Geheimnislosigkeit des Hellen, der ich mich sinnend hingegeben hatte an diesem blendend schönen Junitag, weckte Paula mich auf. Sie lud mich ein, einen Teller Milchreis bei ihr einzunehmen. Die Staffelei stand leer, aber zu beiden Seiten des Schranks, gegenüber der Fensterwand, lehnte eine große Zahl von Bildern, zwanzig vielleicht, oder dreißig. Trotz der winterblassen Haut war keine Erschöpfung in Paulas Gesicht, keine

Müdigkeit. Wohltuende Erschöpfung der Arbeit las ich darin. Vielleicht zeigten ihre Züge eine größere Härte jetzt, aber diese Härte stand ihr gut, wie es mir schien. Früher hatte Paula sich an den Sonntagen eine Erholung gegönnt, war zu einem Konzert gegangen oder in eine Ausstellung oder sonstwohin. Seit jenem Nachmittag mit Höttger galt auch der Feiertag nicht mehr für sie. Paula war zum Plaudern aufgelegt. Sie erkundigte sich nach dem Stand meines Dramas, und ich setzte gerade an, meine neuen literarischen Pläne vor ihr zu entfalten, als es klopfte. Madame Vavin stand in der Tür. Und ich hatte sie nicht kommen hören! Sie sprach zu schnell, als daß ich sie hätte verstehen können. Aber es schien von Wichtigkeit zu sein. Paulas Gesicht spannte sich. Sie war sehr ernst geworden.

»Entschuldigen Sie mich, Herr Anderland«, sagte sie und ging mit Madame Vavin zur Tür. »Ich bin in ein paar Minuten zurück. Sie können in aller Ruhe Ihren Brei zu Ende essen.« Nichts lag mir ferner allerdings. Kaum waren die Schritte der beiden nicht mehr zu hören, als ich schon bei Paulas Bildern stand. Ich ließ die Rahmen einzeln gegen meine Hand fallen schaute, prüfte, bis mir das Herz stehen blieb: Paula, Paula nackt! Ich zog das Bild heraus, merkte mir genau, wo es gestanden hatte, und stellte es auf die Staffelei. Bei der klangreichen Beschaffenheit unseres Treppenhauses konnte ich mir erlauben, es sorgfältig zu studieren. Was heißt studieren? Ich schlang. Paula nackt, nackt bis zu ihrer Scham herab im weißen Laken. Ihre Brüste, kleine, herrlich feste Brüste, perlmutterweich. Die Bernsteinkette zwischen diesen Brüsten steigerte ihre Nacktheit noch. Kalt überlief es mich und heiß. Mit zitternden Fingern tastete ich die rauhe Leinwand ab. Eine männliche Erregung ergriff mich, stieg hoch in mir, ich schämte mich zu Tode vor mir selbst und lauschte zugleich ohne Atem nach draußen, so wie damals, im Kloster-Internat, unter der Decke nachts. Und dann: ein Blitz durchs Gehirn!

Paula war schwanger. Hielt sich die Rechte schwer und schützend über ihren gesegneten Leib. Paula schwanger ..., schwanger – von wem? Von Höttger? Oder haben Frauen immer so dicke Bäuche? Wie war das noch bei ... Nein, Unsinn, sie ist schwanger, sie muß es sein. Die linke Hand hing ihr lose, leicht geöffnet vor dem verhüllten Schoß. Und dieser Kopf, dieses Gesicht aus dem Halbprofil herausgedreht auf mich, von oben ein wenig – herab auf mich. Ich mußte mich wegdrehen und hungerte sofort wieder nach diesen braunen Augen – flach gemalt, wie blind: braune Erde, antwortlos. Das Moor. Oder Nüsse. Ein kleines Lächeln auf dem breiten Mund? Ein Kokettieren mit sich selbst im Spiegel, ein Scherz? Oder das Rätsel der Mutterschaft, das Wunder in ihrem Körper? Ich wußte nichts, verstand nichts, stand im Rasen meines Kopfes, meiner Sinne und zitterte. Und Angst! Wie sollte ich Paula gleich wieder unter den Augen stehen, diesen ruhigbohrenden Blick aushalten, in dem sich keine Regung spiegelte? Sollte ich fliehen, einfach hinübergehen in meine Kammer? Und dann wieder die Neugierde, dieses Hingezogensein zu ihrem Schauen dort: wie ein Lauschen über dem Eigenen, in dem sich eine fremde Zukunft zu rühren beginnt. Es ist ..., es ist, als wirke die Schwerkraft ihrer Zukunft auf diese Frau und zöge sie hinab aus dem zerstreuten Leben in den tiefen, demütigen Knechtsdienst der Mutterschaft ... oder Königinnentum – oder sehe ich das alles falsch? Es sitzt da doch auch dieser Schalk in ihrem Augenwinkel, ja ... Ist es am Ende doch nur Spiel, ein Spiel im Spiegel? Spielt Paula nur die Mutterschaft im ..., im Eva-Kostüm? Ja, ein – gebildet ...? Jetzt sah ich's, unten rechts, mit Pinselstiel eingeritzt: »Das malte ich mit 30 Jahren an meinem 6. Hochzeitstag, P.B., 15. Mai 1906.« Also doch Modersohn? Aber wie? Der schmort doch weit ab in seinem Worpswede ... Was für ein Spiel treibt Paula mit uns Männern allen, und welches Spiel mit sich selbst, an ihrem Hochzeitstag, signiert mit ihrem Mädchennamen? Wer soll das fassen? Faßt sie es denn, sie selbst? Haubenhaft die braunen Haare hochgenommen, das Ohr frei zum Lauschen. Horch! Nein. Immer noch Ruhe im Treppenhaus. Dieser violette Blutandrang auf ihren Wangen und auf der Rechten vor dem Bauch – ist das die Scham? Das Violett des Spottes? Oder Stempel dieses Neun-Monats-Zaubers? Es mußte mir aus den Augen, das Bild, ehe ich darin unterging. Ich stellte es zurück in seine Ordnung, begradigte die Linie der Rahmen mit dem Fuß, setzte mich hin, wollte den Kopf entlasten, vorbereiten auf Paulas Rückkehr. Und stand wieder auf, weiter von dem Gift zu trinken: zog das Bild aufs Neue heraus, schaute von oben auf diesen gewölbten Leib, auf diese Brüste, in diesen Eibenblick. Und wurde ruhiger davon, ließ den hellen Hintergrund in mich hinein: getupftes, junges Birkengrün, hingeweht wie frischer Frühling. Dann endlich sprach die Stiege. Beinahe war ich erleichtert, mich von dem Bild jetzt trennen zu müssen.

Ich saß nieder im engen Brokat, schob mit flatternder Hand einen Löffel Brei in den Mund, um mein Gesicht hinter der dümmlichen Unschuld des Kauens verbergen zu können. Aber mein Blick ließ sich nicht festhalten. Immer wieder sprangen die Augen mir weg, und mein Kopf mußte leuchten wie eine Klatschmohnwiese auf der Schwäbischen Alb. Ich war verraten, ohne jeden Zweifel. Sollte ich nicht lieber gleich zu ihren Füßen hinsinken und meine Schuld bekennen? Aber Paula merkte nichts. Ein kurzer Blick nur – überrascht, mich noch hier anzutreffen. Die Blässe auf ihrem Gesicht war jetzt wächsern. Leidend sah sie aus und – ja: erstarrt. »Nichts Wichtiges«, sagte Paula mit sehr schmalen Lippen und lief durch das Zimmer, als suche sie ganz dringend etwas, woran sie sich selbst nicht mehr erinnern konnte. Abrupt hielt sie inne.

»Ach was, Sie sollen's ruhig wissen ... es kann nämlich sein, daß ich demnächst umziehen muß. Modersohn will kommen, jetzt, bald, irgendwann. Ich weiß es nicht. Hat sich von Worpswede aus schon um ein Atelier gekümmert, ein großes Atelier, für uns beide«. Sie setzte sich. Ihr Gesicht eine Maske. Die Lippen geschrumpft und trocken. Nimmt einen Löffel, kaut, schiebt den Teller von sich weg. »Sie müssen mich entschuldigen jetzt, Herr Anderland. Ich bin jetzt ..., ich kann es jetzt nicht ..., es kommt so plötzlich. Es kommt alles so plötzlich jetzt ...«

Ich stand vor Paula, die mit weit aufgerissenen Augen auf ihrem Stuhl saß, ohne jede Regung. Wie gerne hätte ich sie gestreichelt in diesem Augenblick. Wie gerne wäre ich ihr jetzt ein Freund gewesen! Aber durfte ich denn jemals wieder eine Berührung wagen? Auf Zehenspitzen schlich ich mich in meine Kammer, fand aber keine Ruhe dort. Klopfte bei Paula an. Sie gab keine Antwort, saß in der gleichen Haltung noch auf ihrem Stuhl.

»Kopf hoch, Paula«, flüsterte ich und beugte mich über sie und legte meine Hand auf ihre Hände. »Es wird schon alles werden.« Und sah, daß ihr Leib ganz flach lag unter den Falten des Kleides.

Seit diesem Tag verfolgte mich Paulas Akt-Bild. Es verfolgte mich bis in meine Träume hinein. Und immer, wenn ich sie lautlos neben mir malen spürte, sah ich sie nackt. Ihren weißen Körper drehte sie im Spiegel, mit diesem unsagbaren Lächeln um die Lippen, und hielt den Pinsel vor sich hin, wie einen Fächer, als könne sie sich hinter ihm verbergen, und gleichzeitig lockte sie jemanden herbei damit aus dem Jenseits des Spiegels. War das die Wirkung ihrer Kunst, oder speisten sich meine inneren Bilder aus einer trüberen Quelle? Ich weiß es nicht und will es nicht mehr wissen. Denn ist unsere ganze Kultur nicht Verstellung und weitergegebene Lüge, solange wir es dulden, daß das Wort »Erotik« anders als in frommster, schauerndster Ehrfurcht gedacht und ausgesprochen wird? Der Name des Eros, der im Munde des Sokrates ein Sternbild geworden ist, wie können wir es ertragen, ihn in dunklen Winkeln, an verpönten, schmutzigen Orten zu verstecken, und wir haben doch kein anderes Wort dafür, kein Wort bei allen unseren vielen Worten, und keine Gebärde, buchstäblich nichts, ihn zu erfassen. Eros – dieser reine Geist, dieser weite, unbescheidene Begehrer ... wie kämen wir je ohne ihn über unser dürftiges Eigen-Sein hinaus?

Aus einem Brief an Pater Odo. ... Wie oft seit jenem Tag ist es mir bei meinen Spaziergängen durch Paris noch schmerzlicher als vorher erschienen, nicht die Anlagen zum Schreiben zu haben und darauf verzichten zu müssen, jemals ein anerkannter Schriftsteller zu sein. Das Bedauern das ich darüber empfand, solange ich ein wenig abseits träumend vor mich hinging, ließ mich so sehr leiden, daß mein Geist, um es nicht mehr zu spüren, auf Grund einer Art Gehemmtheit vor dem Schmerz von selbst aufhörte, an all die Dramen zu denken, an meine Tragödie, an eine Dichterzukunft, auf die zu zählen mir meine fehlende Begabung untersagte. Nun, über all diese literarischen Sorgen hinaus und ohne damit in Zusammenhang zu stehen, ließ mich plötzlich ein Dach, ein Sonnenstrahl auf einem Stein, der Duft eines Weges innehalten, auf Grund einer ganz besonderen Freude, die sie mir bereiteten, und auch, weil sie den Eindruck erweckten, als wollten sie etwas verstecken, abgesehen von dem, was ich sah, etwas, das sie mich aufzunehmen einluden, das ich aber trotz meines Bemühens nicht zu entdecken vermochte ...«

In Sorge. Es war kein kleinliches Eifern um Paula mehr, wie ich es zuvor in meiner irregehenden Liebe mir hatte zuschulden kommen lassen. Unsere Begegnung neulich versprach mehr, als jede Umarmung halten kann. Sie schien einer höheren Ordnung der Dinge anzugehören, jener, nach der die Sterne sich bewegen und die Gedanken einander befruchten. Vielleicht wäre das die tiefste Gemeinsamkeit zwischen zwei Menschen, die einzig wahre: aus ihr zu sich selber hinzuwachsen? Meine Anteilnahme an Paula jedenfalls war Sorge geworden, die reine Sorge um sie und ihr Werk. Ich ging sogar so weit über mich hinaus, ihr innerhalb der kurzen Frist, die ihr noch bleiben mochte, alles Glück in Höttgers Armen zu erwünschen.

Paula verließ jetzt wieder häufiger das Haus. Heute war sie nach dem Mittagessen ausgegangen, und doch blieb ein Geräusch in ihrem Atelier, ein helles Klopfen, plink plink plink, in regelmäßigen Abständen, das immer lauter wurde, immer schriller. Der Wasserhahn! Paula hatte vergessen, den Wasserhahn pünktlich abzudrehen. Es könnte zu einer Überschwemmung kommen, war zu befürchten, und außerdem behinderte mich das Lauern auf das stete Zerplatzen des Wassertropfens in meiner Arbeit. Ich ging hinüber und drehte den Hahn zu. Die Kakaotasse, die im Spülstein die Tropfen auffing, lief schon beinahe über. Auf ihrem Tisch ein Blatt, graublau, ein Brief? Ich kehrte um. Ja, Paulas Handschrift. »Lieber Otto.« Da alle eigensüchtigen Begierden in mir erstorben waren – durfte ich, als Paulas wahrer Freund, zu dem ich mich emporgeläutert hatte, nicht stehen bleiben und weiterlesen? Nichts als die Sorge hielt mich dazu an. Wie konnte ich Paula unter die Arme greifen, wenn ich nicht wußte, wie es um sie stand? »Lieber Otto«, hatte Paula geschrieben, und ihre Hand war rund dabei geblieben, »die Zeit rückt näher, daß ich denke, daß Du kommen könntest. Nun möchte ich Dich bitten um Deinet- und meinetwillen: Erspare uns beiden diese Prüfungszeit. Gib mich frei, Otto. Ich mag Dich nicht zum Manne haben. Ich mag es nicht. Ergib Dich drein. Foltere Dich nicht länger. Versuche mit der Vergangenheit abzuschließen. – Ich bitte Dich, alle äußerlichen Dinge nach Deinem Wunsche und Willen zu regeln. Wenn Du noch Freude an meinen Malereien hast, suche Dir aus, was Du behalten willst. Unternimm bitte keine Schritte mehr, uns zu vereinigen, sie würden nur die Qual verlängern. Ich muß Dich noch bitten, mir ein letztes Mal Geld zu schicken. Ich bitte Dich um die Summe von fünfhundert Mark. Ich gehe für die nächste Zeit aufs Land. So schicke es bitte an B. Hoetger, 108 Rue Vaugirard. In dieser Zeit will ich Schritte tun, meine äußere Existenz zu sichern. Ich danke Dir für alles Gute, was ich von Dir gehabt habe. Ich kann nicht anders handeln. Deine Paula Modersohn.«

Es wunderte mich, daß Paula den fertigen Brief nicht abgeschickt hatte. Wollte sie vielleicht erst Rücksprache nehmen mit Hoetger (so scheint er sich ja offenbar zu schreiben)? Wie auch immer: ich war nun eingeweiht in Paulas Bedrängnis. Und das war gut so, sah ich mich doch erst jetzt in der Lage, Paula, wenn es nötig wäre, bei ihrer schweren Entscheidung Zuspruch zu geben, und Halt. Für Modersohn spürte ich keinerlei Mitleid. Was einst ich um Paula durchlitten hatte, mußte mit größerer Berechtigung auch ihrem ehemaligen Gatten zugemutet werden können. Es ging zuallererst um Paulas Glück, und das war einzig ihre Kunst. Davor hatten alle Gefühligkeiten zu schweigen – wie ein Mann.

Blumen. Meine unruhvolle Sorge, in der vielleicht auch ein Granum Neubegierde schlummern mochte – man kann in diesem Punkt nicht selbstkritisch genug sein, zumal als Dichter –, meine Sorge um Paula trieb mich schon in den nächsten Tagen wieder zu ihr. Paula malte. Blumen blühten auf der Staffelei. Sofort wollte ich mich wieder zurückziehen, aber Paula schien heiter und gelöst. Sie lud mich ein, mich hinzusetzen.

»Warten Sie nur, Doktor. Diesen Pinsel male ich noch gerade leer. Dann steh ich Ihnen zu Diensten.«

Es war das erste Mal, das erste Mal in wievielen Monaten? Ich durfte Paula zuschauen beim Malen. Natürlich war's mir ein Genuß, sie arbeiten zu sehen, wie sie da stand, in schlanker Spannung, ja: ganz ohne jeden Zweifel schlank. Ich wandte mein Auge nicht von ihr ab, so als ob jeder meiner Blicke die Erinnerung an die vorspringende spitze Nase, die blassen Wangen, all die Besonderheiten, die mir so sehr als wertvolle, echte und einzigartige Hinweise auf ihrem Gesicht erschienen, tatsächlich mitnehmen und in mir aufheben könnte. Und der Zusammenhang ihres Auges mit der Palette! Es kam mir vor, als sähe ich die Wege ihres Blickes zwischen Pinsel und Leinwand, die sicheren, schnellen Blicke, ein Netz in der Luft bilden, worin sich das, was sie malte, immer mehr verfing. Sonnenblumen sah ich, Malven und Georginen, nicht sommerlich grell, sondern in Abschiedsfarben des Herbstes gehalten, unserer Jahreszeit also voraus, und doch erregend, rauschend, voll: mächtig im Klang seiner farbigen Komposition, seiner einfach-derben Zeichnung. Und dieses Licht: es huschte nicht, es löste sich nicht auf im Gegenstand. Es stand als stilles Gegenlicht, das die Farben zu dunklem Leuchten steigerte. Und doch: auch Abschied lag über dem Bild, aber er war ohne alle Traurigkeit. Wir sehen uns wieder ..., riefen mir die Blumen zu. Zuschauend wurde mir alles eins: Paula und das Bild, ihr Bild. Ich wußte kaum zu unterscheiden, welches das Werk war. Und als sie dann zurücktrat und etwas sagte, tönte ihre Stimme wie innen aus einem Turm, und ihr Gesicht war ganz aufgelöst, als tauche es aus dem Wasser auf.

»So«, sagte Paula und straffte sich im Kittel, bevor sie niedersaß. »Jetzt ist mir richtig nach einem Plausch mit Ihnen. Dieses Zu-viel-Arbeiten: damit sündigt man nicht nur am Leben, sondern an der Arbeit selber.«

Wir schauten einige Zeit schweigend zu ihrem Werk hinüber. Dann wandte Paula sich davon ab, rückte den Stuhl zur Seite und erzählte mir, was ich ja längst schon wußte. Sie habe sich von Modersohn getrennt, und das heiße für sie vor allem: sie könne hier bleiben, hier in Paris, hier in der Rue Cassette. »Wo wir uns gerade so nett aneinander gewöhnt haben, lieber Doktor, nicht wahr?«

Paulas Augen lachten, die meinen zuckten kurz. Ich war klug genug, meine Freude in Gesicht und Stimme, so gut es ging, zurückzuhalten. »Sie bleiben also hier, Paula, die nächste Zeit ... und ... und ... allein ...?«

»Wo denken Sie denn hin?« rief Paula und rieb sich mit dem Daumennagel Farbreste von den Fingerspitzen. »Ach so, Sie meinen, ich wollte die eine Abhängigkeit aufgeben und gleich in die nächste schlüpfen? Nein, nein, nein! Kein Mann wäre mir lieber als Otto – wenn ich nicht malen müßte. Das ist es ja. Das ist ja der Jammer. Genau das kann Modersohn nicht verstehen, oder er will es nicht verstehen. Es geht nicht gegen ihn. Ich brauche jetzt die Einsamkeit, wie Brot, wie Luft zum Atmen. In einem Bild, das mir gelingt, ist viel mehr Wirklichkeit als in einer Zuneigung, die ich fühle. Nur wo ich schaffe, bin ich wahr. Da lebe ich. Wie lange das so geht – ich weiß es nicht. Jetzt ist es so.«

»Und Modersohn – wie trägt er es? Ich hoffe doch – als Mann ... oder wenigstens als Künstler ...«

»Hüllt sich in Schweigen. Nein, eigentlich stimmt das nicht. Schlimmer noch: er hängt sich an den Rockzipfel meiner Mutter wie ein kleines Kind, dem man sein Dreirad weggenommen hat. Und das ist wirklich arg, das ist fast schon gemein, was er damit anrichtet. Warten Sie, ich lese Ihnen einmal vor, was Mutter mir geschrieben hat. Inzwischen kann ich schon wieder mit den Achseln zucken darüber, aber neulich, als der Brief hier eintraf ...«

Paula suchte in ihren Papieren auf der Kommode. »Warten Sie, wo steht es gleich, ja, hier, hier steht's: Dein Mann, schreibt Mutter, Dein Mann trägt diese schwere Prüfungszeit in einziger Art, ich habe mir so etwas nicht vorstellen können. Er hat sich Deine Studien in sein Atelier geschleppt und ist umgeben von Deinen Stilleben. Er nimmt Deine Farben und malt damit die merkwürdigsten Dinge, ausgestopfte Vögel und alte Krüge und stellt Deine Stilleben daneben und vergleicht, ob er Deine Farben erreicht. Du hast ihm von der Akkuratesse und Strenge der Zeichnungen einiger Franzosen geschrieben – seine beiden letzten Worpsweder Landschaften, vor der Natur gemalt, sind wie mit dem Winkelmaß gezeichnet und gemalt und sehen aus wie zwei mathematische Beweise ... Was halten Sie davon, Doktor. Ist das nicht ..., ist das nicht ...? Nein, Augenblick noch, diese Stelle: Otto ist ergreifend in seiner großen und mächtigen Liebe, die sein ganzes Wesen füllt: ›O wenn ich sie nur erst wieder habe, was will ich alles machen!‹ sagt er oft vor sich hin. Er ist wie verschmachtet. ›Sie soll alles haben. Sie soll keine öden Winter mehr haben, sie soll Freude haben, sie soll Paris haben – Alles, Alles, wenn ich sie nur erst wieder habe!‹«

Paula ließ die Blätter, da wo sie stand, auf den Boden fallen, einfach fallen. »Ich höre Haben, Haben, Haben, sonst nichts. Es klingt mir in den Ohren, dieses Echo, nein: es klang darin. Jetzt ist es ausgestanden. Nach diesem Brief bin ich sicherer als zuvor. Haben, Haben, Haben ... Es wäre zum Lachen, wenn es nicht so ...«

»Nein, fair ist es nicht gerade zu nennen«, merkte ich an, zurückgenommen wie ein Brite. Im Innersten brodelte die Empörung in mir über Modersohns Vorgehen. Ich hätte es lieber als »niederträchtig« bezeichnet, zumal mir, als früher Waise, nie eine mütterliche Hilfe zuteil geworden war. Um mich zu fassen, unter Paulas Augen, lenkte ich meine Entrüstung über diesen Schuft in der unverdächtigen Allgemeinheit einer Weltbemerkung ab: »Es gibt wohl kein größeres Unglück für den Menschen, als wenn er unversehens in seine eigene Vergangenheit hineingerät. Ja, doch, so kann man es vielleicht sagen ... Und die Einsamkeit – sie ist wirklich eine innere Angelegenheit. Da darf uns kein anderer hineinreden, schon gar nicht, wenn er vorgibt, uns zu lieben. Es handelt sich da doch auch um Dinge, die nicht ganz nur in unseren

Händen liegen, nicht wahr, Paula, und das Gelingen, das schließlich etwas so Einfaches ist, wenn es geschafft ist, es setzt sich aus Tausendern zusammen, ganz individuell ..., vollkommen unwägbar ...«

Ich war überrascht über mich selbst und hoch zufrieden mit meinen Darlegungen. Wo nahm ich diese kühle Sicherheit des Urteils her? Man muß wohl selbst die Hölle der Liebe durchmessen haben, um die Irrungen des Lebens aus einem solch souveränen Abstand betrachten zu können. Das kämpferische Blitzen jedenfalls war ganz aus Paulas Augen gewichen mit meinen Worten. Sie hob den Brief vom Boden auf. Vor der Staffelei blieb sie stehen und nahm wieder Kontakt mit ihrer Arbeit auf.

»Ja, wir Künstler«, sagte sie leise, »wir muten nicht nur uns viel zu, oft genug über die eigenen Kräfte, wir muten es auch den Menschen zu, die um uns sind, die uns am meisten lieben. Es ist schon ..., ja, komisch, oder soll ich sagen: fragwürdig ...? Nein, ich bleibe bei komisch. Da leidet also ein Mensch, den ich einmal sehr liebte – und vielleicht liebe ich ihn ja immer noch –, da leidet er vor sich hin um mich, und ich, ich male hier in aller Seelen-Ruhe Blumen. Und für wen – für wen macht man das eigentlich alles ..., letzten Endes ...?«

Spielende. Woher kam diese Heiterkeit über mich? Nie war mir das Leben leichter gewesen und anstrengungsloser als jetzt in diesen sonnendurchglühten Julitagen von Paris. Kein Ziel lockte mich aus meinem Bei-mir-Sein heraus. Ich war viel unterwegs über Tag, erwanderte mir die Stadt, bis in die äußeren Bezirke hinein, zu Fuß und oft genug auch mit Omnibus und Tramway, die ich bald mit einiger Beiläufigkeit zu benutzen wußte. Am 14. Juli, dem Tag, an dem sich die Erstürmung der Bastille wieder einmal jährte, hatte ich einen Seine-Dampfer bestiegen, um mich aus dem blauweißroten Fahnentrubel des Stadtzentrums zu retten, und war dann in den Bois de Boulogne weitergefahren. Dort erging ich mich auf einsamen Wegen in der guten, alles versöhnenden Natur. Das Gold der späten Nachmittagsstunde, das aus dem Laub der Bäume fiel, ist mir geblieben. Ich konnte meine Augen schier nicht sättigen.

Doch auch den Einwohnern dieser Stadt kam ich näher. Seit geraumer Zeit war ich ein leidenschaftlicher Zuschauer beim Boule geworden, dem sich der Pariser zu jeder Tageszeit und fast an jedem Orte hinzugeben pflegt. Dieses Spiel – so hatte ich mich kundig gemacht in der Nationalbibliothek – das Spiel mit den Kugeln wurde bereits im frühen Mittelalter am französischen Hof geübt, blieb aber nur den oberen Ständen vorbehalten. 1369 hatte Karl V. ein königliches Dekret erlassen, das den Untertanen schlankweg das Kugelspiel verbot. Und die Kirche? Natürlich! Nicht im mindesten war ich überrascht: der Bischof von Tournay erklärte, »daß niemand mit Kugeln, gleich ob rund oder anders beschaffen, spielen dürfe«. Noch einmal, in den Tagen Richelieus, mußte das Boule untersagt werden, weil es zu lasterhaften Ausschweifungen verführe. Doch wie herrlich hatte die Aufklärung obsiegt seither, die Idee menschlichen Fortschritts! Es schien mir der schönste Ausweis für einen gleichsam naturwüchsigen republikanischen Prozeß zu sein, wenn es jetzt der gemeine Mann, der Handwerker und Händler, der Bürger also, auf der Straße spielte: sie wissen es nicht, aber sie tun es. Volkstümlich war das Spiel geworden im Laufe der Jahrhunderte, und mit der Ausbreitung dieses einstmals königlichen Privilegs auf alle Stände einer Volksgemeinschaft sah ich mehr erreicht, als es alle im engeren Sinne politischen Bewegungen, gar Revolutionen je vermögen. Von Platz zu Platz zog ich und konnte doch nie genug bekommen von der Dramatik dieses Spiels.

Fasziniert lauschte ich der stummen Zwiesprache zwischen Körper und Wille, bevor der Spieler seine Kugel warf: das Federn in der Hocke erst, auf Zehenspitzen, nur für Sekunden so zu halten, die Fersen in der Luft, der angespannte Arm lang ausgestreckt nach hinten, die Kugel schwer gewichtend, den Adlerblick hinaus aufs Ziel, nach vorn, gebannten Augs, die Zunge an der Oberlippe – und dann der Wurf aus sich heraus, der Schulter-Strahl, und fingerspitzensteil: den Himmel aufzureißen, und hoch und weit hinaus die Kugel und flog und flog und senkte sich, die bestgelegte Kugel wegzuprellen mit hellem Klinkern: ein Klang, der selbst den getroffenen Spieler noch erfreuen muß, wenn er reinen Herzens geblieben ist. Oder das Einsinken eines Spielers, wenn sein Wurf fehlgegangen war: das Mahlen der Kiefer, oft auch ein leiser Fluch, der nur sich selber galt, dem eigenen Ungeschick, und den kein Bischof hörte. Oder das Raunen der Mitspieler, ihr »Oho!«, »Allez!«, »Eh bien!«, »C'est ça!« Und traf es diesmal nicht, so galt es nur, ein neues Spiel zu wagen, und alles, ALLES konnte anders werden. Sieg oder Niederlage – sie lagen millimeterweit nur auseinander. Und ich, der Fremde, stand dabei, mit schweißnassen Händen, tatenlos und doch aufs höchste beschäftigt.

Ein stilleres Vergnügen war es mir, den Kartenspielern in meinem Luxemburg-Garten beizuwohnen, an ihren kleinen Tischen, alte Männer ausnahmslos, die die anstrengendere Wegstrecke ihres Lebens bereits abgeschritten hatten. Saßen da wie magere Vögel unter Baskenmützen, jede ganz eigentümlich geformt, und hielten das gelbe, kalte Kippenende vergessen zwischen ihren Lippen. Sprachen kaum ein Wort, Husten war ihr Reden, und nahmen mit knochigen, blutleeren Fingern immer wieder die Karten auf. Ich konnte meinen Blick nicht lassen von diesen Gesichtern, vergaß mich manchmal sogar mit meinem Schauen, aber sie litten es. Für Kriegsveteranen von 1870 hielt ich sie, für Zeugen der Geschichte, die mit goldenen Lettern in der Chronik unseres Volkes verewigt steht. In diesem Krieg hatte sich die deutsche Volksseele offenbaren dürfen, so tief wie lange nicht mehr zuvor. Die französische clareté hatte dieser Seele Tribut zollen müssen. Das Elsaß war wieder unser. So war's bestimmt. An der Universität von Straßburg wird wieder deutsch gelehrt, und so soll es auch bleiben in jener Stadt, da Goethe Friederike lieben lernte, und den Verzicht ertragen – dem Werk zuliebe.

Das kleine Lächeln, das zwischen mir und diesen alten Männern ging, den geläuterten Gegnern von einst: es wußte von diesen Dingen. Es erkannte sie an und ließ sie gelten als das höhere Gesetz der Geschichte, vor dem der einzelne schweigend sein Haupt zu neigen hat. Die Alten kannten mich bereits, verloren wohl ab und zu auch ein Scherz-Wort über mich in ihrer sonst so stummen Runde. Das kam meinen Absichten durchaus entgegen, denn ich suchte menschlichen Anschluß. Seit einiger Zeit war in mir die Absicht gereift, mich in Paris nach einer Hauslehrer-Stelle umzusehen. Vielleicht konnte mir einer der Alten eine Adresse nennen. Ich hatte sogar schon daran gedacht, in diesem Punkt Herrn Hoetger zu Rate zu ziehen, der als von Rodin gefeierter Bildhauer hier ja offenbar ein Mann von Einfluß war. Aber ich wollte die Dinge nicht überstürzen, sondern sie nach dem ihnen einwohnenden Maße wachsen lassen.

So brachte ich meine Sommertage hin, glückliche Tage, Tage einer schöpferischen Muße. Mein Blaues Buch, das ich bei mir trug, wo immer ich ging und stand, füllte sich mit Bildern, Szenen, Skizzen. Die »Dialoge des Schweigens« gediehen unter meinen Händen. Der Tag schien nahe zu sein, da auch mir ein kundiger Mensch das »Ecce poeta!« sagen dürfte. Ich war bereit.

Der Auszug. Wie vom Schlag gerührt stand ich im Treppenhaus vor diesem Mann. Fasse ich's? Eine Erscheinung ... als sähe ich in einen Spiegel ... Wer war dieser Mann? Ein Doppelgänger? Stand vor mir, ein Mann meines Alters, die Pfeife in der Hand, trug meine Tweedjacke, nur etwas dunkler, mit meinem hohen Hemdkragen. Der gleiche langgestreckte Schädel, der peinlich ausrasierte Vollbart, roter als meiner, der nämliche hohe Scheitel. Nur schien mir bei ihm das Haupthaar sich um ein weniges noch mehr verabschiedet zu haben. Und diese kleine, runde Nickelbrille auf der Nase – es war eine schwere Nase –, auch hier war ich doch deutlich im Vorteil. Wer wollte mich mit dieser Figur zum Narren haben? Oder beleidigen? ... Und wenn es denn ein nie gekannter, wieder aufgetauchter Bruder wäre ...? Mir schwindelte. Ich mußte mich auf das Geländer stützen.

Die Türe zu Paulas Atelier weit offen: flirrende Helle. Blenden. Dann stand sie neben mir, in jeder Hand ein Bild: Paula lachte, lachte so heftig, daß sie die Bilder abstellen mußte. »Wie Zwillinge!« Sie rang nach Atem. »Darf ich bekanntmachen: mein Mann, Herr Anderland.« Stumm reichten wir uns die gleichen schmalen Hände und schauten in unsere wassergrauen Augen hinein. Vor mir stand Modersohn. Der Mann, der ausgestopfte Eulen mit dem Winkelmesser malt. Sonst kein Gedanke in mir, keine Empfindung.

»Ich ziehe um, Herr Anderland. Mein Mann hat ein schönes, großes Atelier für uns beide gefunden.« Rote Flecken in Paulas Gesicht. Und blaß. Der Raum, in den ich trat, war beinahe schon geleert von ihren persönlichen Dingen. Nur noch die verbrauchte Schäbigkeit einer Absteige. Madame Vavin stand mitten im Zimmer, hielt die Fäuste in die Hüften gestemmt und rauchte. »Da!« sagte Paula und drückte mir zwei Bilder in die Hände. »Sind Sie so lieb?«

Ich war betäubt. Nichts als stumme Reflexe. Gerade wollte ich die Bilder wegtragen, als Paula mich am Ärmel zupfte. »Hoetger hat einen Abend lang in mich hineingesprochen«, flüsterte sie mir ins Ohr. »Darauf habe ich Otto geschrieben, er könne kommen.«

Dazu fiel mir allerdings rein gar nichts ein. Und erinnere auch kaum noch unseren Abschied. Paula, schon im Hut, drückte mich an sich und küßte flüchtig meine beiden Wangen.

»Und trinken Sie noch hin und wieder von unserem Kakao, ja? Versprechen Sie mir das? Und Segen Ihrer Arbeit!« Wenn ich nur wüßte, welcher Ausdruck da in ihren Augen war. Aber so sehr ich mich auch anstrenge, diese letzten Augenblicke mir ins Gedächtnis zu rufen: es ist nur Leere in mir, eine graue, ... graue Leere.

Wimpfen am Neckar, Jänner 1908

Ich schäme mich meiner Tränen nicht; ich bin jenseits der Scham angelangt. Jede Regung wie erstorben. Ich spüre nichts von mir, nur diese rinnende Wärme auf meinem Gesicht.

Paula ist tot. Seit Tagen weiß ich es, und immer noch und immer wieder ist es dieser Tod, der in mir währt, der in mir wirkt, der mein Herz verändert.

Von Kollegen Grützel habe ich es erfahren, Hermann Grützel, Kunst-Professor hier an der Großherzoglichen Realschule von Wimpfen, an der ich seit dem vorvergangenen Herbst Geschichte lehre. Und Paula ist nicht mehr. Starb in Worpswede, Ende letzten Jahres schon. Starb an der Geburt eines Kindes. Paula ist tot. Mit einunddreißig Jahren. Wer kann das fassen? Ich fasse es nicht, und ich will es nicht fassen. Wenn ich etwas empfinde jetzt, dann ist es Aufbegehren-Wollen, Rebellion – gegen die Dummheit dieses Lebens, seine niederträchtige Dummheit. Paula aber – Paula will sich mir nicht zeigen in der Erinnerung. Zu tief ... nur mehr blasse Bilder noch ..., sind sie denn wahr?

Wann sahen wir uns zum letzten Mal? Kaum anderthalb Jahre sind vergangen seither, und mehr als eine Ewigkeit. Nein, doch: einmal bin ich ihr noch begegnet in Paris, oder beinahe, als sie ihr Atelier neben mir schon lange aufgegeben hatte. Ich sah sie auf der Straße, vielmehr ihren Hut sah ich, diesen kleinen, weißen Herrenhut mit grünem Schleier, den sie bei unserem gemeinsamen Ausgehen trug, damals, in St. Sulpice, als wir – ach ... Sie mußte es gewesen sein, denn solch einen

Hut trägt leicht keine zweite Frau in ganz Paris. Sie ging eilig dahin auf der anderen Seite des Boulevards, ja, das war es, ihr spezielles Wällen, ich rief sie beim Namen, ich schrie und strampelte fast, mußte aber zwei Pferdedroschken passieren lassen, ehe ich ihr nachlaufen konnte. Und fand sie nicht mehr wieder. Nie mehr. Auf nimmer ... Ich breche ab hier –

Denn was ließe sich auch sagen? Noch eins: die Brosche! Ja, sie ist mir geblieben. Immer trage ich sie bei mir, in der linken Brusttasche meiner Tweed-Jacke, genau auf dem Herzen. Nachdem Paula ausgezogen war, bin ich noch oft in ihr Atelier hinübergegangen, um wenigstens den Hauch von ihr zu spüren, den sie in den Winkeln des Raumes zurückgelassen hatte. Mit wehem Herzen stand ich da, inmitten einer Leere, die sich nicht sagen läßt, und fing wohl auch zu suchen an, nach einem Brief für mich, ein paar Zeilen, einem Wort wenigstens, das mir das Rätsel ihrer Entscheidung lösen helfen könnte, einer Andeutung nur. Ich kehrte alles, aber auch alles von unten nach oben, sah in jedes Fach, in jede Schublade, verrückte die Kommode, den Waschtisch, kroch auf dem Boden, suchte, suchte verzweifelt nach einer Botschaft. In den Ritzen des unappetitlichen Brokatsesselchens fand ich die Brosche: heller Bernstein. Ich nahm sie an mich, in Verwahrung. Natürlich wollte ich sie Paula aushändigen, ach, wie gerne hätte ich's getan, aber mein Ansinnen an Madame Vavin, ihre neue Adresse zu erfahren, wurde derart grob abgewiesen, beleidigend schon, daß ich alle weiteren Versuche, Paula in Paris zu finden, entmutigt aufgab. Und sollte ich denn etwa Rilke suchen, oder nach Hoetger? Nimmermehr! Das verbot mir nicht nur mein Stolz als Mann.

Was weiter? Wenig – oder nichts. Meine Kammer neben dem leer tönenden Atelier war mir zum Kerker geworden. Ich konnte nicht mehr atmen in diesem Loch, geschweige denn arbeiten. Die Versuche, mich in Paris als Hauslehrer zu installieren, vielleicht auch zu halbherzig angegangen, schlugen samt und sonders fehl. In Paris, das wurde mir mit jedem Tag schmerzlicher klar, war meines Bleibens nicht länger, wenn ich nicht Schaden nehmen wollte an Seele und Geist. Aber man nimmt nicht gerne Abschied von einem Ort, an dem einem das Glück zuteil geworden war, und sei es noch so flüchtig gewesen, schon gar nicht, wenn man nicht weiß, wohin man sich wenden soll. Fast erging es mir wie Hiob: Und kommt nicht wieder in sein Haus, und sein Ort kennet ihn nicht mehr.

In diesen Wochen, als meine erzwungene Untätigkeit mich vollends niederdrücken wollte, kam ein Brief aus Deutschland. Pater Odo, der mich in Beuron vordem in die heiligen Hallen der Geschichte eingewiesen hatte, versuchte mich für eine Professur an der hiesigen Realschule zu gewinnen. Ich ging in mich und forschte mein innerstes Wesen aus. Das Kloster, so kam ich zu einem vorläufigen Ergebnis, das Kloster ist eine Lebensform, vor der jeder denkende Mensch – jenseits aller Religion – seinen eigenen Existenzentwurf im Stillen immer wieder vor sich muß rechtfertigen können, und bei mir, erkannte ich jetzt, war das immer auch so gewesen – trotz meines entschiedenen Atheismus, zu dem ich mich auch heute noch stolz bekenne, wenn auch kaum öffentlich. Man muß schon sehr welt-verfallen sein – oder soll ich sagen: dumm? –, um sich von dieser nur auf den ersten Blick so fremden Lebensordnung des Klosters unberührt zu fühlen.

So sagte ich zu und trat alsbald meine Professur hier an in Wimpfen, und sind mir auch beinahe alle Blütenträume zerstoben, so hat mich wenigstens die heimatliche Erde zurückgewonnen. Jetzt stelle ich meine Fähigkeiten ungeteilt in den Dienst der deutschen Jugend, und »Pflicht!« ist mir zur obersten Maxime geworden. Wenn ich meine Entscheidung noch einmal überdenke, angesichts des Hingangs dieser geliebten Frau: was anderes könnte der Einfluß eines Todes sein auf denjenigen, der zurückbleibt – was, wenn nicht das Weiterleben in einer höheren Verantwortung?

So gebe ich mich in Wimpfen ganz meiner Aufgabe hin, klaglos, und selbstvergessen, fast. Die Einsamkeit um mich will auch hier nicht weichen. Sie scheint mein Schicksal zu sein. Wohlan! Die Helden der Vergangenheit, die ich in meinem Unterricht beschwöre, der Jugend zum Vorbild, sie sind mir lebendiger als die Kollegen, bis auf Professor Grützel vielleicht, mit dem sich bei dem einen oder anderen Schoppen Schiller die Fragen der Kunst und des Lebens erörtern lassen (so heißt, Friedrich Schiller zu Ehren, unser heimischer Wein, aus Portugieser und Riesling).

... wie konnte ich das nur vergessen? Warum erst jetzt dieser Gedanke? Was war da hinabgesunken? Natürlich bin ich Paula auch hier in Wimpfen noch einmal begegnet, ihrem geistigen Wesen jedenfalls. Als ich den Schülern die wechselvolle Geschichte des Hohenzollern-Geschlechts bis zu seiner Vollendung auf dem deutschen Kaiserthrone nahezubringen hatte, stieß ich in den Dokumenten auf einen Attentäter namens Oskar Becker. Merkwürdig oder nicht – sofort kam mir dabei Paula in den Sinn. Jener Oskar Becker, so konnte ich in Erfahrung bringen, hatte einen Anschlag auf König Wilhelm I. von Preußen unternommen, in Baden-Baden, auf der Lichtenthaler Allee. Er begründete die fehlgegangene Tat damit, daß Seine Majestät der Einigung Deutschlands im Wege stehe. Man schrieb das Jahr 1861, und zwar genau den 14. Juli, ich staunte nicht schlecht: den Tag also, da in Paris die Bastille gefallen war. Becker, ein Student noch damals, wurde zu zwanzig Jahren Zuchthaus verurteilt, aber 1866 schon begnadigte ihn Wilhelm mit caesarischer Milde. Wenig später ist Becker verstorben, auch er nur an die dreißig Jahre alt geworden. Ich forschte seinen familiären Zusammenhang aus, und siehe: sein Bruder war ein gewisser Carl Woldemar Becker gewesen, nachmalig Eisenbahn-Ingenieur in preußischen Diensten, in Dresden zunächst, danach in Bremen: Paulas Vater also, von dem sie mir so oft und so leidenschaftlich-liebend in unseren Pariser Tagen erzählt hatte. Über diesen Schierling an Paulas Lebenswurzel verfiel ich in ein längeres Sinnen, ohne daß ich – ich gesteh's – zu einem sittlichen Urteil hätte durchdringen können endlich. Von meinen Gefühlen habe ich als Diener des Staates ohnehin zu schweigen.

Die Kunst – das Leben ... jetzt also muß ich Paula als gestorben denken, gestorben an einem Kinde, wo sie doch hatte malen wollen, immer nur malen und malen. Hätten nicht tausend andere Frauen für sie das triviale Alltags-Geschäft des Gebärens erledigen können? Wo – Gott der Geschichte! – ist da ein Sinn? Ich jedenfalls erkenne ihn nicht. Natürlich war da ihre Ahnung eines frühen Lebensendes, von dem Paula wohl nur zu mir gesprochen hat in unserem, in ihrem letzten Pariser Sommer, aber es steht doch sehr dahin, ob Paula mit ihrem Verkommen im Kindbett den ihr gemäßen, ihren – wenn ich so sagen darf – ihren eigenen Tod gestorben ist. So wie ich sie kannte, habe ich meine Zweifel. Aber wer wollte auf diese letzten Fragen an einer letzten Antwort sich überheben –

Ein Satz noch fällt mir gerade ein und will vielleicht nicht ganz unpassend sein jetzt in seiner kargen Trostgebärde. Kollege Professor Grützel reichte ihn mir neulich herüber in der großen Pause. Er hatte ihn aus einem Florilegium zeitgenössischer Poesie abgeschrieben, in gotischer Schmuck-Schrift – eigens für mich: »Wer redet von Siegen? Überstehen ist alles.«

So ist es wohl. Überstehen ist alles. Mehr nicht. Treffender könnte auch ich es nicht gesagt haben. Es hinzunehmen – ja: Trauer ist mein Teil. Trauer um Paula, eine geliebte Frau und eine begnadete Malerin. Langsam ergreift sie mein gesamtes Wesen, füllt mich aus und läßt nichts übrig mehr von mir – als Tränen.

Nachwort des Herausgebers

Bücher haben ihr Schicksal, heißt es, und wenn man in das Labyrinth aus Zufällen hineinschaut, in dem sich gar ungedruckte Manuskripte verlieren, dann könnte einem der Gedanke kommen, das Wort »Schicksal« noch einmal steigern zu wollen.

Ende des Jahres 1986 hielt ich mich für einige Zeit in der Benediktiner-Abtei Grüssau in Bad Wimpfen auf. Pater Serapion Schulz, der die Bibliothek des Klosters führt, ließ mich freundlicherweise die Buchbestände einsehen, die sich seit dem Zweiten Weltkrieg dort angesammelt haben, überwiegend aus privaten Nachlässen.

Nun hindert einen ja nichts so sehr am Lesen als ein Übermaß an Büchern. Nervös steht man mitten unter all der unbekannten Lektüre, und wenn sie gar die Dimensionen einer Bibliothek annimmt, schlägt die Zerstreutheit leicht in Hektik um, und von dort gleitet man geradewegs in die Verzweiflung hinein, um dann vielleicht in einer höchst ungemütlichen Stimmung zu enden: in schmerzhafter Langeweile. In genau diesem Zustand, unfähig, niederzusitzen mit einem einzigen Buch, fand ich in den Regalen ein Paket in braunem Packpapier, das von einem dieser alten, breiten Klebestreifen verschlossen war. In deutscher Tintenschrift las ich, verblichen fast, »Paris: 1906«. Sonst nichts. Lange wog ich das Päckchen in den Händen. Der Puls klopfte mir am Hals. Sonst Stille um mich: dumpfe Stille.

Dann mußte ich es tun. Ich riß das brüchig gewordene Papier auf und fand, auf gelben Quartbögen, einseitig beschrieben, das vorliegende Manuskript, ohne Verfassernamen, ohne Titulatur, ohne ein Begleitschreiben. »Das müßte sie sein, die neue Wohnungsnachbarin ... Ja, das ist sie«: so wurde ich übergangslos in diese Blätter hineingezogen und las und las und konnte kein Ende finden. Das Manuskript war von regelmäßiger lateinischer Hand geschrieben, mit schwarzer Tinte, ohne jede Verschreibung, was auf eine Abschrift schließen läßt.

Es ist mir ein Bedürfnis, an dieser Stelle gleich Bruder Serapion für seine Großzügigkeit zu danken. Er sah mir nicht nur meinen Vertrauens-Bruch nach, sondern überließ mir leihweise das ganze Konvolut zu seiner angemessenen Verwendung. Über meinen Fund war er selbst überrascht genug. Er konnte mir zu der Herkunft des Päckchens genauso wenig sagen wie seine älteren Mit-Brüder, die noch aus dem schlesischen Grüssau stammen.

Schon nach der ersten hastigen Lektüre – es war eher ein Verschlingen als ein Lesen – dachte ich sofort an eine Veröffentlichung dieser Papiere. Es war nicht so sehr ihr literarischer Wert, den ich persönlich nicht allzu hoch ansetzen würde, es war ihr Dokument-Charakter, die offensichtliche Authentizität ihres Inhalts war es, die mich fesselte. In dieser Schrift teilte sich ein Zeitzeuge mit, der die künstlerisch entscheidenden Monate der Malerin Paula Modersohn-Becker während ihres Pariser Sommers 1906 erlebt hat, hautnah und als persönlich Betroffener. Und das alles – möglicherweise – seit langen achtzig Jahren verschollen!

Doch erst als ich, wieder zu Hause, die Briefe und Tagebücher der Malerin studiert hatte, die seit 1979 in einer historisch gesicherten Edition vorliegen, erst jetzt konnte ich ermessen, welchen Wert diese Aufzeichnungen eines Unbekannten für ein neues Bild dieser wohl bedeutendsten deutschen Malerin des zwanzigsten Jahrhunderts haben dürften. Ihre Echtheit konnte ich ab diesem Zeitpunkt für gesichert halten. Denn da sich das meiste, was der Verfasser über Paula Modersohn-Becker schreibt, mit ihren eigenen Brief- und Tagebuchaufzeichnungen deckt, oft bis ins Detail hinein, in wirklich faszinierender Weise, wird man ihm wohl auch dort Glauben schenken dürfen, wo er bisher unbekannte Tatsachen und Ereignisse von ihrem letzten

Pariser Aufenthalt zutage fördert. Anderland gelingt es, auch wenn ihm literarisch deutlich enge Grenzen gesetzt sind, doch, von der Frau und Malerin Paula Modersohn-Becker ein nicht ganz unlebendiges Porträt zu zeichnen, selbst wenn man in Abzug bringen muß, daß er, da er augenscheinlich in Paula Modersohn-Becker verliebt war, aus einer höchst subjektiven Sicht heraus die Dinge gesehen und beschrieben hat. Aber diese störende Subjektivität muß nicht ausschließlich ein Mangel sein. Im Gegenteil.

Für ausgesprochen wertvoll, ja geradezu für sensationell halte ich Anderlands Auskunft über zwei biographische Daten, die der Nachwelt bis heute unerklärbar geblieben sind: da ist zum einen das »Erweckungserlebnis« der Malerin Paula Modersohn-Becker durch Bernhard Hoetger, und da ist zum zweiten jener rätselhafte Stimmungsumschwung vom September 1906: die Trennung von Otto Modersohn (im Brief vom 3. September) und ihr Widerruf nur sieben Tage später. Anderland hat Paula Modersohn-Becker genau in dieser Phase sehr engagiert beobachtet und steuert Informationen bei, die das Verhalten der Malerin jetzt in einem klareren Licht erscheinen lassen. Und schließlich: auch für Paula Modersohn-Beckers Beziehung zu Rainer Maria Rilke geben diese wieder aufgetauchten Papiere manchen wichtigen Hinweis. Hier allerdings ist, wegen Anderlands augenscheinlich gespanntem Verhältnis zu diesem großen Dichter, eine besonders behutsame Lesart angezeigt.

Das entscheidende Indiz für die Echtheit dieser Aufzeichnungen liegt für mich in der Bleistift-Skizze des Pferdegespanns verbürgt, die Anderlands Blättern beigefügt war. Professor Günter Busch (Bremen), der beste Kenner Paula Modersohn-Beckers und Herausgeber ihrer Schriften, hat diese Zeichnung zweifelsfrei als von Paula Modersohn-Becker stammend anerkannt. Das Blatt befindet sich jetzt im Nachlaß der Malerin in der Bremer Kunsthalle und kann dort auf Wunsch eingesehen werden. Allerdings: es ist nicht gewidmet, wie Anderland behauptet. Es konnten auch keine Radierspuren nachgewiesen werden. Der Bleistift (vermutlich ein Faber-Castell 9000) ist jedoch so weich und das Papier so glatt und hart, daß man ohne weiteres den schriftlichen Zusatz mit einem Radiergummi tilgen konnte. Warum Anderland freilich diese Widmung gelöscht hat (wenn er es war) – wer wollte darüber spekulieren?

Von der fehlenden Widmung ausgehend aber den Wahrheitsgehalt der vorliegenden Schrift anzweifeln zu wollen, schiene mir bei der nachweisbaren Genauigkeit und zuverlässigen Detailtreue Anderlands auf gar keinen Fall gerechtfertigt zu sein.

Mehr will ich hierzu nicht sagen. Der Leser mag für sich selbst entscheiden, was er von diesem neuen Material zu Leben und Werk der Paula Modersohn-Becker als glaubhaft und nachvollziehbar für sich übernehmen will. Daß das Material im ganzen aber eine aufregende Trouvaille darstellt, davon bin ich doch zutiefst überzeugt, wenn ich Anderlands Papiere jetzt an die Öffentlichkeit gebe.

Nachdem für mich der Zeugnischarakter der vorliegenden Aufzeichnungen für das Leben Paula Modersohn-Beckers außer Frage stand, war es die nächste Aufgabe, mich auf die Lebensspuren des Verfassers zu setzen. Dies erwies sich als ein ebenso hartes wie undankbares Geschäft. In keinem Lexikon, in keiner Literaturgeschichte jener Jahre wird ein Autor Anderland geführt. Auch sein erstes und offenbar einziges Werk, die »Monologe über das Glück«, blieb unauffindbar und kann wohl als verloren gelten.

So mußte ich zufrieden sein, als der Leiter des Stadtarchivs von Bad Wimpfen, Herr Haberhauer, mir wenigstens die schiere Existenz eines Hans Anderland bestätigen konnte. Danach ist Hans Anderland am 29. Februar 1866 zu Maulbronn geboren und nach römisch-katholischem Ritus getauft worden. Im Jahr 1894, also im vorgerückten Alter von 28 Jahren, hat Anderland an der Universität Tübingen das Staatliche Examen innerhalb der Philosophischen Fakultät mit »rite« abgelegt. Ab Oktober 1906 wird er als außerordentlicher Lehrer für das Fach »Geschichte und Heimatkunde« an der Großherzoglichen Realschule von Wimpfen geführt. Dieses Dienstverhältnis endet mit dem 26. September 1914, als Anderland in Loivre/Frankreich fällt.

Lediglich über die Umstände seines Todes läßt sich Näheres erschließen, da Anderlands Leben mit der Kriegsteilnahme erstmals geschichtliches Profil gewinnt. Daß wir Anderland mit 48 Jahren noch zu den Waffen eilen sehen, weist aus, daß er sich als Freiwilliger gemeldet haben muß. Selbst dann wurden Männer seines Alters im allgemeinen nur bedingt angenommen; sie waren ausschließlich zum Dienst in den hinteren Reihen bestimmt. Anderland muß also ausdrücklich ersucht haben, an einem Angriff in vorderster Front teilnehmen zu dürfen, daß er überhaupt fallen konnte.

Im Kriegsprotokoll der West-Front ist für den 26. September 1914 ein Angriff der 4. Kompanie auf die Zuckerfabrik von Loivre, ganz in der Nähe von Reims, festgehalten, in der sich französische Alpenjäger (!) verschanzt hatten. Der Angriff scheiterte. Die Kompanie mußte sich bei Anbruch der Dunkelheit zurückziehen und ihre Toten auf dem Schlachtfeld zurücklassen. Erst eine Woche später konnten sie notdürftig bestattet werden. Sie wurden in die Granattrichter gezogen und oberflächlich mit Erde bedeckt. Obwohl die Körper schon stark in Verwesung übergegangen waren, konnten einigen von ihnen wenigstens noch die Erkennungsmarken abgenommen werden.

Vier Jahre lang blieb das Gelände inmitten des erbarmungslosen Stellungskrieges Niemandsland.

Warum Anderland in seinem Alter noch Soldat geworden ist – ob aus einem neuerwachten patriotischen

Gefühl heraus oder ob er, der Mann verträumter Theorien, in dem Kriegsgeschehen von 1914 etwas Vergleichbares mit der Kanonade von Valmy vermutete und endlich auch einmal dabeigewesen sein wollte? Ein Drittes ließe sich vermuten: wie, wenn Anderland den Tod im Feld bewußt gesucht hätte? Ich halte es nicht für abwegig, in diesem Zusammenhang an eine Bemerkung Rilkes zu erinnern, die er 1913 äußert, unmittelbar also vor Anderlands Entschluß, in den Krieg zu ziehen. Rilke schreibt an Kurt Becker, den Bruder der Malerin: Paula Modersohns Tod »war wohl der Anlaß, daß mir durch mehrere Jahre der Tod das Leben überwog, größer war, mehr im Recht, und drängender mich angehend als die Fülle diesseitigen Antriebs, die uns sonst gern beschäftigt.«

Gewiß, ich überlasse mich jetzt meinem Wunschdenken, wenn ich Anderland lieber in diesem Sinn gestorben sehe und nicht als glühenden deutschen Patrioten, der mit der Waffe in jenes Land zurückkehrte, dem er doch immerhin die Begegnung mit Paula Modersohn-Becker zu verdanken hatte. Und außerdem: wenn ich hier Rilke zitiere, den Anderland – ja man muß wohl sagen – haßte, will ich versuchen, die beiden Männer, die sich kaum kannten und doch so viel gemeinsam hatten, auf der höherer Ebene – im Zeichen eines Todes – zu versöhnen.

Wissen wir über Anderland wenig – über den Weg seines Manuskriptes ist uns rein gar nichts bekannt. Hier sind wir auf bloße Vermutungen angewiesen.

Naheliegend ist es, daß Anderlands Papiere nach seinem Tod, da er, die frühe Waise, offenbar ohne Angehörige und Verwandte war, in die Hände einer Haushälterin oder etwa des Wohnungsvermieters geraten sind und dort ungeöffnet die Jahrzehnte überdauert haben, um dann bei einer Haushaltsauflösung nach dem Zweiten Weltkrieg in der Klosterbibliothek von Wimpfen im Tal zu landen.

Der zweite Weg ist zwar unwahrscheinlicher, hat aber einen sehr eigenen Reiz für sich. Hypothesen sollten ja nicht nur stimmig sein, sondern auch anregend und – warum nicht? – selbst schön. Wer kann denn ausschließen, daß das kleine, braune Päckchen an Anderlands Schule in Beuron zurückfiel, an jenen Pater Odo zum Beispiel, dem Anderland die Anstellung in Wimpfen zu danken hatte und der wohl immer ein wenig die Hand über seinen einstigen Zögling, ein Stiefkind des Glücks, gehalten hat? Von dort hätte das Manuskript nach Prag wandern können, einer Tochtergründung der Beuroner Benediktiner nach 1875 (aus Anlaß des »Kulturkampfes« in Preußen). Als das Prager Kloster als Folge des Ersten Weltkriegs aufgelöst werden mußte, zogen die Benediktiner nach Schlesien weiter, nach Grüssau. 1945 auch von dort vertrieben, hätte sich das leichte Ding, als unerkannte Reliquie gleichermaßen, in das Gepäck eines Mönches geschmuggelt und wäre endlich in Wimpfen im Tal zur Ruhe gekommen.

Ich gebe zu, daß diese Theorie kompliziert ist und viele Zufälle voraussetzt. Aber selbst wenn diese Hypothese eher den minderen Status eines Gedankenspiels hat, ist sie mir auch als solche wertvoll, wird damit Anderlands Manuskript doch in die epochalen Bewegungen unseres Jahrhunderts hineingenommen. Gerne würde ich Anderland diese weite Reise seiner einzigen Hinterlassenschaft als blinder Passagier durch die Weltgeschichte gönnen. Es käme seinem ausgeprägten Sinn für die Historie entgegen und könnte ihn post-hum ein wenig entschädigen für ein Leben, das ihn nicht gerade mit Gunstbeweisen überhäuft hat, wenn der Schein nicht trügt.

Denn das gestehe ich unumwunden zu: Hans Anderland ist mir über die Beschäftigung mit seinen Papieren, ohne die dieser Mensch vollkommen aus der Zeit gefallen wäre, so als hätte er nie gelebt, doch auch ans Herz gewachsen. Damit will ich keineswegs behaupten, daß der Entschluß Anderlands, sich aus der deutschen Literatur freiwillig zu verabschieden, als ein Verlust zu werten ist (obwohl in den vorliegenden Blättern doch auch ein paar wenige Stellen versteckt sind, an denen beinahe so etwas wie ein poetisches Temperament aufzublitzen scheint). Um die unvollendet gebliebene Marat-Tragödie braucht es uns, glaube ich, wahrlich nicht leid zu tun. Doch auf sein Blaues Notizbuch mit den Pariser Aufzeichnungen, aus denen Anderland die »Dialoge über das Schweigen« zusammenstellen wollte, wäre ich durchaus – das gebe ich zu – gespannt gewesen.

Das ist ein weiterer Grund, der mich bestimmt hat, Anderlands Notizen vor die Öffentlichkeit zu bringen. Es gilt, einen verloren gegangenen deutschen poeta minor posthum zu ehren. Nicht mehr, aber auch nicht weniger.

Ob Anderland selbst an eine Veröffentlichung gedacht hätte, halte ich für zweifelhaft, denn es finden sich in der Niederschrift allzu viele Hinweise, die ihn persönlich in einem geradezu peinlichen Licht erscheinen lassen, ja ihn in seiner bürgerlichen Existenz als außerordentlicher Geschichts- und Heimatkunde-Lehrer gefährden mußten. Auf der anderen Seite aber sind in seiner Erzählung Ansätze wiederum eines etwas aufdringlichen Kunst-Ehrgeizes leider nicht zu übersehen.

Wie dem auch immer sei – hier will ich mein Fragen einstellen, ohne die schöne Vagheit dieses Gegenstandes mit klugen Antworten abzutöten.

Vielleicht findet sich eines Tages ein Forscher, der, anders als ich, über genügend Sachverstand verfügt und die nötige Geduld vor allem, um Licht in den Hintergrund dieser merkwürdigen Schrift und ihres unbekannten Verfassers zu bringen.

Ich bin fast sicher: es könnte lohnend sein.

Michael Zeller
Die Reise nach Samosch

▷ Die große Liebe zwischen Hellmut und der 16-jährigen Erika hat in den Tagen des Zweiten Weltkrieges keine Chance.
Mit ihr beginnt die Geschichte einer Künstlerfamilie vor dem Panorama des 20. Jahrhunderts in Europa. Ein großer Familienroman über Schuld, Liebe und die Macht des Schönen.

Michael Zeller
Die Reise nach Samosch
Roman, Hardcover
257 Seiten
ISBN 978-3-89716-374-4

Jutta Roth
Falschspieler

▷ Deutschland, 1952: Die Gedichte eines in Indochina verschollenen Fremdenlegionärs begeistern die literarische Welt. Leider entpuppt sich das Werk samt Autor als Erfindung eines geschäftstüchtigen Verlagsdirektors aus dem Rheinland.
Inspiriert vom größten Literaturskandal der Nachkriegszeit, handelt der facettenreiche Roman von Poesie und Ehrgeiz, Gefühlen und Verrat.

Jutta Roth
Falschspieler
Roman, Hardcover
288 Seiten
ISBN 978-3-89716-306-5

ars vivendi